AF223175

Auch ich bin wohl eine Reisende.
In meinem Rucksack des Lebens sind meine
Familie, die seit April um Dreie reicher geworden
ist, die Pferde, der weite, dunkle Wald, aber auch die
vielen Jahre freier Journalismus.
Neu in den Rucksack ´gestopft´ ist meine Arbeit
mit obdachlosen Jugendlichen in Salzburg. Der
Rucksack wird immer schwerer, meine Schritte
immer leichter.

U. L. Jäger

U. L. Jäger

Pujing hat große Füße

Eine unmögliche Liebesgeschichte

Roman

www.bod.de

Gedruckt bei Book on Demand
Haigermoos, Oktober 2009
Copyright © 2009 by U. L. Jäger
Umschlagfoto: U. L. Jäger
Printed in Germany

ISBN 9783839112533

Für Paulus und Njamka

Prolog

Die braune Wölfin hat Schmerzen. Große Schmerzen. Die eisernen Krallen der Falle halten ihren linken Hinterlauf gefangen. Tief. Ganz tief haben sich die Zacken in ihr Fleisch gebohrt. Den Knochen gebrochen. Die Sehnen zerfetzt. Die Jägerin, nun selbst zur Gejagten gemacht. Sie muss zurück zu ihren Jungen. Tief, in einer Erdhöhle hat sie ihre Welpen versteckt. Jedoch nicht gut genug. Die Wölfin weiß nicht, dass ihre Jungen bereits tot sind. Ausgegraben und Erschlagen von den Jägern aus Kasachstan. Viel Kraft hat die Wölfin nicht mehr. Aber, sie gibt nicht auf. Mit ihren spitzen, starken Zähnen durchbeißt sie das verletzte Bein. Nur wenn sie das gefangene Bein in der Falle zurück lässt, kann sie überleben. Vielleicht. Wie im Takt einer Nähmaschine nagt sie mit hochgezogenen Lefzen oberhalb der Eisenklammern. Atmet schnell. Abgehackt. Blut. Knochensplitter. Bläuliche Sehnen. Bald hat sie es geschafft. Ihr Kopf fällt immer wieder zurück auf die schneebedeckte Erde. Sie spürt, dass sie ihre Augen nicht schließen darf. Offen. Lauernd. Vorsichtig. So müssen sie bleiben. Noch ein letztes Mal. Ein kurzes Knacken. Das letzte Stück des Knochens ist gebrochen. Spitz und weiß schimmernd steckt das verbleibende Stück des Unterschenkels im blutigen Fleisch. Die Wölfin springt auf. Läuft. Bleibt kurz stehen. Leckt die stark blutende Wunde. Ihre Kraft. Ihre Stärke. Beides ist zurückgekehrt. Ihre blutige Spur verliert sich im Schnee.

Pujing hat große Füße. Ziemlich große Füße.
Manchmal macht sie das traurig, weil, so Tante Wang,
die Füße einer wahren Chinesin wie zarte Lilien aussehen sollten und nicht wie die einer Ente. Man wüsste
ja, was mit Enten geschehe. Sie kommen in den Topf.
Ganz einfach.
Lilien hingegen sind zart, duftend und bewunderns-
wert. Pujing würde ihrer Tante Wang nie gestehen, dass
ihre Füße mit den lustigen Knubbelzehen ihre Freunde
sind. Ihre talentierte Schauspieltruppe. Abends, wenn
Pujing in der Dunkelheit ihrer Jurte vor dem Eisenofen
liegt, beginnt ihre Vorstellung.
„Mutter Xing, würden Sie bitte ihre drei Kinder Xiao
Yao, Mengxing und Lao Li bei der Hand nehmen und
Vater Jang zu einem Tanz auffordern?" Dazu trippelt
Pujing mit ihrem linken Fuß im Kreis und bewegt, so
gut es eben geht, ihre Zehen.
Der rechte Fuß ist Heimat der Familie Gu Da. Pujing
mag die Familie Gu Da nicht so sehr. Eigentlich findet
sie diese Familie einfältig und wenig liebenswert. Das
liegt daran, dass sich Pujing jeden Morgen, beim Öffnen ihrer Türe, ihren rechten Fuß an der bunt bemalten
Kommode stößt. Das tut weh. So dauert es meist nicht
lange, bis die beiden Familien aneinandergeraten.
Die Zehen des rechten Fußes auf die des linken Fußes losgehen und ein lautes Klatschen, Patschen und
Reiben zu hören ist. Sieger der Zwistigkeiten ist immer
Familie Xing Jang. Immer.
„Pujing spinnt!" Ist die einhellige Meinung der chinesischen Verwandtschaft. Es gibt auch noch eine
mongolische Verwandtschaft, aber die ist irgendwo in
der endlosen Steppe unterwegs. Oder schon längst von
Wölfen gefressen worden. Ob die allerdings auch der

Meinung wären, dass mit Pujing irgend etwas nicht stimmt? Pujing weiß, dass die mongolische Seite mehr Verständnis für sie hätte. Tante Wang meint, dass die Mongolen von nichts eine Ahnung hätten. Mit ihren sonderbaren Zelten ewig umherziehen würden und ansonsten nur betrunken seien.

So wie Pujings Großvater eben. Ein Pferdehändler und Schnapsdrossel. Kein Wunder, dass Pujing ein wenig wirr sei. Zum großen Ärger von Tante Wang lebt nun Pujing in der Jurte ihres verstorbenen Großvaters am Rande der großen Stadt, die ‚Roter Held‘ genannt wird. Pujing hat ihren Großvater nie kennen gelernt, aber seine Jurte ist für sie das Tagebuch seines Lebens. Einem spannenden Leben.

Die dicken Teppiche bringen den Geruch der Steppe, die bunten, glänzenden Tücher an den Scherengittern duften nach den Kräuterwiesen des Terelj und zwischen den Schubläden knirscht der Sand der Gobi.

Pujing ist wohl ein glückliches Mädchen. Wenn es nur die wöchentlichen Besuche von Tante Wang nicht gäbe. Heute ist wieder so ein ‚Wang – Tag‘.

Pujing hat ihren Ofen gereinigt, frischen Yakdung in die Holzkiste gestapelt und den Boden gekehrt. Jetzt steht sie an der Türe ihrer Jurte und blickt in südliche Richtung die Sandstraße hinab. Pujing liebt diese Momente am Morgen, wenn das Öffnen der Türe den Tag willkommen heißt. Sie reibt sich die Augen und überlegt, ob noch Zeit sei, an die Wasserstelle zu gehen. Frischen Tee müsste sie für die Tante Wang zubereiten. Obwohl die Tante den salzigen Tee verabscheut.

Gut, dann keinen Tee.

Pujing beobachtet die streunenden Hunde. Bald werden die Männer der Stadtverwaltung kommen, die Hunde betäuben und mitnehmen. Pujing ahnt, dass das Leben der Hunde hier nichts wert ist.

„Fast wie meines", murmelt sie und schaut erneut angestrengt die Straße hinab. Und da kommt sie schon. Tante Wang. Pujing kann ihre Silhouette schon aus weiter Ferne erkennen. Keine wankt und schwankt wie Tante Wang.

„Es lässt sich nicht gut auf Lilienfüßen laufen", kichert Pujing und beobachtet wie Tante Wang mit ihrem Gleichgewicht kämpft.

„Pujing, komm her und nimm meinen Arm!", Ruft Tante Wang und fuchtelt wie wild geworden mit ihrem Stock.

„Steh' nicht herum und beeil dich!"

Pujing schließt die Türe, klemmt einen Eisennagel in das Schloss und läuft der Tante Wang entgegen. „Da bist du ja und wie du wieder aussiehst, Pujing! Kein anständiges chinesisches Mädchen geht mit so einer Kutte, wie du sie trägst aus dem Haus."

„Tante Wang, das ist ein Deel, der ist praktisch und alle tragen ihn", entgegnet Pujing und nimmt ihre Tante am Arm. Gemeinsam legen sie mühevoll die letzten Meter zu Pujings Jurte zurück. Schwer atmend hält sich Tante Wang an der roten Holztüre fest, während Pujing mit dem Eisennagel das Türschloss öffnet. Tante Wang fällt fast in das Innere des Raumes, so sehr hat sie sich an die Türe gelehnt. Pujing bietet ihr den Ehrenplatz auf der rechten Seite der Jurte an. Reicht eine Schale gegorene Stutenmilch.

„Das ist guter Airak!"

Gierig greift Tante Wang nach dem milchig-weißen Getränk.

„Das ist aber nicht chinesisch, liebe Tante", bemerkt Pujing und nimmt auch einen großen Schluck.

„Was kann man denn schon bei dir trinken, den Salztee vielleicht?" Tante Wang macht es sich auf der Schlafstatt bequem. Sie streift ihre feinen samtenen Schuhe von den Füßen und lehnt sich ächzend zu ihren Füßen hinab.

„Pujing, komm und reibe ein wenig meine Füße!" Pujing kniet vor ihrer Tante Wang, breitet ein Tuch über ihren Schoß und löst die Strümpfe von den Füßen der Tante Wang. Pujing seufzt. Wie gut sie inzwischen die Füße der Tante kennt. Nichts ist so richtig von einer Lilie zurückgeblieben. Die Füße der Tante Wang erinnern an Kartoffeln. Alte, schrumpelige Kartoffeln.

„Das ist gut Kind", murmelt Tante Wang und schüttelt ihre Kartoffelfüße.

Vor vielen, vielen Jahren wurden die Zehen und das Fußgewölbe der Füße von Tante Wang gebrochen, mit Bandagen umwickelt und Opfer gebracht, damit sie nicht sterben musste, da die überflüssigen Knochen verfault in den Füßen zurückblieben.

„Stinklilien", flüstert Pujing und das alles nur, um einen reichen mächtigen Mann zu heiraten, in den Frauengemächern zu versauern und die Kinder abgeben zu müssen.

„Lieber große Füße, in der Jurte leben und Seide nähen und besticken", denkt Pujing und knetet die kleinen Füße der Tante Wang.

„Meine Tochter, Mondrose, wird dich morgen aufsuchen, Pujing", sagt Tante Wang und bekommt einen ganz eigenartigen Blick.

„Warum, Tante?" Pujing legt ihre großen Hände auf die kleinen Kartoffelfüße der Tante und wundert sich.

„Was möchte Mondrose von mir?"

Tante Wang blickt durch den Dachkranz der Jurte in den hellblauen, dunkelblauen. schwarzblauen Himmel.

„Mondrose möchte ein Gespräch von Schwestertochter zu Schwestertochter führen." Pujing hebt sanft die Füße der Tante Wang an, steht auf und streift ihren Deel zurecht.

„Liebe Tante, möchtest du mich etwa verheiraten und nun wird Mondrose geschickt um die Geister milde zu stimmen?"

Tante Wang ist beleidigt. Aber auch zornig.

„Willst du bis zu deinem letzten Atemzug in dieser Jurte leben, einem Ort, der stinkt, wie das Innere eines Hammels? Sei froh, wenn dich dieser Hammel ausspuckt und deiner rechten Gesinnung zuführt!" Tante Wang sucht ihre samtenen Schuhe und den Stock. Beides Zeichen für einen baldigen Aufbruch. Pujing kennt diese Zeichen. Dennoch. So leicht kommt ihr die Tante nicht davon.

„Liebe Tante Wang", beginnt sie, „deine Hilfe und Liebe zu mir weiß ich zu schätzen, aber ..."

„Liebe", schnaubt Tante Wang und müht sich in ihre Schuhe, „wenn deine Mutter noch leben würde und nicht ein irrsinniger Steppenbewohner dein Vater gewesen wäre, dann hättest du jetzt ein Heim mit angesehenem Mann, Kindern und Eltern deines Mannes, aber so ..." Tante Wang macht eine abwertende Geste, die alles betrifft, was für Pujing von Bedeutung ist. Tante Wang zieht ihren Stock heran, stützt sich ab und steht auf wackeligen Füßen.

„Sei so nett, Pujing und gib mir zum Abschied noch ein Schlückchen von deinem Russenwodka, deinem fürchterlichen."

Pujing holt aus dem Regal eine Schüssel, reibt sie aus, bis sie glänzt und füllt noch mal nach. „Auf dass du leichtfüßig nach Hause eilen wirst, Tante Wang", fordert Pujing sie auf und nimmt anschließend ebenfalls einen Schluck.

Tante Wang geht langsam durch den kleinen Raum und bleibt neben einem blauen Schränkchen stehen. „Sag mal Pujing, arbeitest du noch immer an deiner Seidenstickerei?"

„Ja, Ja, Tante", Pujing schiebt Tante Wang von hinten Richtung Türe. „Ich arbeite manchmal für Tulga, er verkauft die Stoffe dann am Containerplatz vor der Transibirischen."

„Lass mal sehen!" Tante Wang verspürt plötzlich keine große Lust mehr, die Jurte ihrer Schwestertochter zu verlassen. War sie doch gerade erst angekommen. Pujing seufzt. Wie gut sie das kennt. Es ist immer das Gleiche. Die Tante kommt und meckert, dann wird sie durch den Geist der brennenden Flüssigkeit besänftigt und schließlich bleibt sie so lange, bis der klapprige Linienbus nicht mehr in die Stadtmitte zurückfährt.

So auch heute.

Tante Wang schiebt ihren großen Körper zurück auf das breite Sofa, das sonst Pujing zum Schlafen dient. Sie legt sich mit ihren Schuhen auf das Bett mit den türkis und rot gemusterten Decken und blickt durch die Öffnung für das Ofenrohr zum Himmel. „Pujing es wird bald Nacht. Mir ist kalt. Pujing sieht ebenfalls nach oben.

„Ein Unwetter zieht wohl auf, die Nacht ist noch in weiter Ferne."

„Mir ist trotzdem kalt", nörgelt Tante Wang. „Kannst du nicht die kalten und müden Knochen deiner Tante mit einem kleinen Feuer erwärmen?" Pujing sieht noch immer auf den Himmel. „Ich glaube, Tante, wir bekommen einen Schneesturm."

„Unsinn!", schnaubt die Tante Wang und hebt ihren Oberkörper leicht an, um besser zum Himmel blicken zu können. „Komm lieber und hilf mir, den Überwurf zu lockern, und meine Haare müssen gebunden werden."

Pujing ist unruhig.

Einige Male schon wäre die Jurte fast davon geweht worden. Das wäre der Tante mehr als recht. So müsste Pujing mit ihr in die Stadt hinuntergehen, in einem Plattenbau leben und als Reinigungskraft im Museum arbeiten. Pujing sucht die dicke Kordel aus Pferdehaar. Die Kordel hängt am Dachkranz. Lang und borstig hängt sie herab.

Pujing schiebt die kleine Kommode, die für das schlechte Verhältnis zur Familie Ga Du verantwortlich ist, zur Kordel und wickelt diese um die Beine der Kommode. Pujing zieht und zerrt, bis sie zufrieden ist. Jetzt kann das Unwetter kommen. Die Kordel mit der Kommode als Gewicht wird hoffentlich die Jurte halten.

Pujing kichert, vielleicht hängt sie Tante Wang auch noch mit dran. Wer weiß, selbst der Sturm wird wahrscheinlich in Tante Wangs Gegenwart zu einem lauen Lüftchen.

Die Schafwollmatten, die die Scherengitter der Jurte umhüllen, bewegen sich mit dem aufkommenden Wind und schlagen in einem stetigen Rhythmus auf die Gitter. Es klappert, als käme ein Ochsenwagen vorüber.

„Pujing, warum ist es so laut bei dir? Ich kann mein eigenes Atmen nicht mehr hören."

Tante Wang hat sich aufgesetzt und sucht ihren Stock. „Wenn ich schon nicht meinen Atem hören kann, dann vielleicht das Kauen meiner Zähne, was meinst du?" Pujing ist fast beeindruckt von der Unverfrorenheit der Tante Wang. Wie kann diese immer nur an gefüllte Schüsseln denken, wenn andere ihre Sorgen haben?

„Tante Wang, ich werde dir Boodog zubereiten", verspricht Pujing.

„Aber erst, wenn die Jurte nicht mehr so wackelt." Pujing hängt sich an die Kommode und zieht an der Pferdestrickkordel. Der Wind wird stärker. Eine Kommode reicht da nicht.

„Tante Wang, du musst aus dem Bett, ich muss die Kordel darum wickeln, sonst fliegen wir bis ins Altai!" Tante Wang stochert mit ihren langen Fingern in ihrem Mund zwischen den Zähnen herum und macht keinerlei Anstalten das Bett zu verlassen.

„Tante Wang!", ruft Pujing der Verzweiflung nah. „Du musst mir helfen! Komm endlich raus aus dem Bett und zieh mit an der Kordel!"

Tante Wang schüttelt den Kopf. „Du bist verrückt! Noch nie in meinem Leben habe ich so Unsinniges getan. Das ist Männerarbeit."

„Und", ruft Pujing, „wo siehst du hier einen Mann?" Tante Wang lässt sich nicht aus der Ruhe bringen.

„Wir haben hier keinen Mann, folglich ist keine Männerarbeit zu erledigen. Ich sehe aber eine Frau, die kochen sollte. Dich Pujing sehe ich." Und dabei deutet Tante Wang auf Pujing.

Inzwischen hängen zwei Kommoden, ein Hocker, ein Holzsattel und Pujing selbst an der Kordel. Die Jurte hat gehalten. Pujing hat gesiegt. Gegen den Wind. Nicht gegen Tante Wang.

Pujing reibt sich das Gesicht. Ihre langen Zöpfe haben sich gelöst, der Deel hängt so schief, dass die Knöpfe an der Schulter sitzen, aber sie ist stolz auf sich. Sie hat ihre kleine Jurte gerettet. Jetzt ist Zeit für Boodog.
„Hier Tante Wang, kannst du bitte die Steine im Ofen erwärmen, ich hole das Fleisch."
Pujing reicht Tante Wang sieben große Steine. Die Steine möchte sie in die Milchtonne legen und das Ziegenfleisch darauf garen. Tante Wang würde lieber liegen bleiben und warten, bis der Duft des Essens schöne Erwartungen weckt, aber sie weiß auch, dass sie Pujing nicht zu sehr verärgern sollte. Schließlich stehen noch einige Überredungskünste an.
Morgen.
Morgen, wenn Mondrose eintrifft ...

Der Wind tanzt die ganze Nacht um die kleine Jurte. Er rüttelt und tobt wie ein eifersüchtiger Liebhaber in seiner ganzen Leidenschaft.
Pujing bleibt unbeeindruckt.
In den frühen Morgenstunden hat sie bereits die Schafwollmatte auf die Ofenrohröffnung in der Mitte der Jurte gezogen. Es ist noch immer warm in dem Nomadenzelt. Pujing erhebt sich von ihrem Nachtlager auf dem Boden. Tante Wang liegt kerzengerade in Pujings Bett und schläft. Sie hat ihren Kopf auf einem Holzscheit gebettet, so wie sie es schon seit Jahrzehnten gewohnt ist. Links und rechts von Tante Wang liegen deren Zöpfe. Kleine dünne Schlangen.
Pujing beugt sich über ihre Tante Wang und betrachtet sie ganz genau. So viele Falten. Und dann die braunen Flecken in dem gelblichen Gesicht. Nein, die Tante hat ihre besten Jahre schon sehr lange hinter sich. So weit

hinter sich, dass sie schon gar nicht mehr erkennbar sind. Dann diese Eigenart mit dem Kopfkeil! Pujing versteht nicht, wozu das noch gut sein sollte.

Ganz leise und mit ruhigen Fingern nimmt sie die beiden Zöpfe der Tante Wang und dreht zwei Schnecken. Viel schöner so. Und fröhlicher.

Pujing überlegt gerade, welchen Schabernack sie mit Tante Wang noch anstellen könnte, als diese plötzlich die Augen aufschlägt und blitzschnell nach Pujings Hand fasst.

„Du boshaftes Geschöpf, du kleines. Deine Mutter wird erzürnt sein, wenn die Geister sie in dein Wackelzelt sehen lassen!"

Pujing ist furchtbar erschrocken, sie reißt sich von der Tante los, springt nach hinten und verfängt sich in der Pferdestrickkordel, die noch immer mit den Kommoden und dem Holzsattel von der Decke hängt. Unsanft landet sie auf dem Boden und reibt sich ihren Rücken. Das wird dauern, bis dieser Schmerz vergeht. „Siehst du", Tante Wang ist zufrieden, „da ist sie, die Strafe. Also patsch in Zukunft nicht an meinen Haaren herum!"

Pujing steht auf, klopft ihre Beine ab, ja, es ist noch alles an der richtigen Stelle. Wenigstens hat sie sich heute morgen mit Familie Ga Du nicht an der Kommode stoßen können. Aber die Kommode kann nicht ewig an der Decke baumeln. Seufzend löst Pujing die Kordel und schenkt ihrer Tante Wang keinen Blick.

Bis spät in die Nacht hat die Tante den Russenwodka schneller als Großvater hinuntergekippt und, was noch viel schlimmer ist, sie hat Pujing im Schafsknochenspiel besiegt.

Pferd, Kamel, Pferd, Kamel. Wann immer Tante Wang

die Knochen schüttelte und anspuckte, sich im Kreis drehte und fluchte – sie gewann.

Pujing hofft, dass die Tante bald wieder ihre Jurte und damit auch ihr Leben verlässt. Erstmals. Aber, Mondrose hat sich angesagt.

Pujing mag Mondrose.

Sie ist so anders als die Frauen, die Pujing hier draußen kennt.

Anders als Nyafka, die jeden Abend erst die Pferde melken muss und dann in die Stadt geht, um im Gandan zu putzen, oder Kamja, die den winzigen Laden an der großen Kreuzung im Westen hat. Ein Laden, in dem es fast nichts zu kaufen gibt. Julna, Focha, Galda, alle machen etwas Bestimmtes. Tag für Tag. Jedes Jahr. Ein Leben lang.

Mondrose macht nichts. Sie kann die Teezeremonie in ihrer ganzen Perfektion zelebrieren, guten Taro von schlechtem unterscheiden und grazil laufen. Und das, obwohl ihre Füße nicht gebunden wurden. Die zweite Schwester war an einer Infektion durch das Binden gestorben. Der Schock in der Familie war damals so groß, dass man Mondroses Füße einfach vergessen hatte.

Tante Wang streckt sich und schiebt das Holzscheit zur Seite. „Wenn du nicht wie ein toter Hase schlafen würdest, Pujing, sondern wie ich auf einem Holzkeil, dann hättest du schon längst einen angesehenen Mann, oder zumindest überhaupt einen Mann!"

Pujing hat Schwierigkeiten den verquerten Ansichten der Tante Wang zu folgen und sagt einfach nichts. Nichts sagen ist immer gut. Gerade am Morgen. Pujing spricht oftmals tagelang nichts. Wozu? Es gibt niemanden, der ihr zuhören könnte. Nur die beiden Familien links und rechts. Aber die sind oft so streitlustig und dann ist eine gute Unterhaltung unmöglich. Vielleicht sollte sie mit ihren Ohren sprechen, oder den Haaren, ihrem Po, den Händen….

„Pujing, komm und reich mir meinen Stock, ich muss mal raus."

„Hier Tante", Pujing drückt Tante Wang den Stock in die Hand, „du gehst wohl nach den Pferden schau'n?" Tante Wang schüttelt den Kopf. „Kind, was ist nur mit deinem Kopf passiert, ich bin mit dem alten grauen Bus gekommen. Außerdem habe ich Angst vor Pferden, bin froh, wenn ich keines seh'n muß." Tante Wang drückt die Türe auf und sofort fegt ein eisiger Wind in die kleine Jurte. „Pujing, gib mir einen Eimer, oder etwas ähnliches. Bei diesem Wetter mag ich meine Röcke nicht heben!"

Pujing seufzt. Links am Eingang ist das Regal mit den vier Töpfen, sieben Schüsseln, fünf Löffeln und einem Messer. Da wird sie doch etwas finden. Nichts. Pujing kniet auf dem Boden und schaut unter das Bett. Ganz hinten liegt ein grauer Kasten. Den hat Pujing schon ewig nicht mehr gesehen.

Sie liegt flach auf dem Bauch und schiebt sich vorsichtig in Richtung Kasten. Mit der rechten Hand greift sie nach dem Ledergriff und zieht den ganzen Kasten nach vorne ins Tageslicht.

„Was ist das denn?" Argwöhnisch betrachtet Tante Wang mit schmalen Augen den grauen Kasten. Pujing steht auf, klopft sich den Sand und die Erde von ihrem Deel und gibt dem Kasten mit dem linken Fuß einen Stoß.

„Das ist der Kasten von der Pferdekopfgeige!"
Tante Wang ist entsetzt. „Nein, dann gehe ich lieber

hinaus. Selbst wenn ein Pferd kommen sollte, das ich anschauen muss!"

Gut, Pujing schiebt den Kasten wieder zurück. Tante Wang versteht nichts. Einfach gar nichts. Pujing bereitet den Tee mit süü, tarag und talh. Sie geht vor die Türe. Aus den Jurten der anderen, die hier am Rande der Stadt leben steigt Rauch auf. Es leben viele Menschen hier. Wahrscheinlich 5.000, oder 10.000, oder noch mehr. Pujing mag das Leben hier draußen. Sie hat alles, was sie braucht. Die sanften Hügel, die aussehen wie hellgrüner Samt, der blaue Himmel, blau, wie die Tücher am Owoo, die braune Erde, mal trocken wie aufgeplatzte Haut, oder satt wie ein Stück frisch geschlachtetes Hammelfleisch. Dann ihre kleinen Näharbeiten, ihre Jurte, ihre Fantasie, ihren alten Freund Tulga, Mondrose und manchmal auch Tante Wang. Genau, Tante Wang. Sie kommt zurück.

„Pujing, der Bretterzaun um dein Grundstück ist umgefallen. Das war wohl der Wind, oder die Schafe von deinem Nachbarn Jocho, hier drüben. Wieso brauchst du überhaupt einen Zaun? Man kann sowieso nicht in dein fensterloses, komisches Zelt sehen."

Pujing antwortet nicht. Stattdessen füllt sie die Schüsseln mit Tee und bricht für Tante Wang ein Stück Brot ab. „Hier Tante, trink den Tee und ich will hoffen, dass du wieder zu Kräften kommst."

Tante Wang beißt von ihrem Brot und setzt sich zurück auf das Bett. Sie nimmt einen großen Schluck Tee mit Milch und stellt kauend fest: „ Eigentlich gar nicht so übel hier bei dir, für die kurze Zeit eben."

Pujing tunkt ihr Brot in den Tee und freut sich doch ein wenig über die freundlichen Worte. Ihr wird ganz warm im Gesicht. „Kommt wohl vom Tee", murmelt sie leise. Es ist still in der Jurte. Die beiden Frauen gehen mit ihren Gedanken spazieren. Jede für sich. Vielleicht treffen sich die Gedanken sogar. Irgendwo. Der Schreck ist groß, als plötzlich an der Türe geklopft wird.

„Pujing, hier ist Mondrose, öffne bitte geschwind. Es ist kalt."

Tante Wang und Pujing blicken sich einen kurzen Moment in die Augen. So schnell, dass es fast nicht ist, aber doch geschehen war. Den Moment des Innehaltens haben beide genossen.

Er ist nun fort. Der Moment.

Dafür ist Mondrose da.

Freudig betrachtet Pujing die Tochter der Tante. Mondrose überschreitet die Schwelle mit dem rechten Fuß zuerst. Sie weiß, dass Pujing großen Wert auf diese Gesten legt. Die beiden Mädchen umarmen einander. Berühren die Wangen und blicken sich in die Augen.

„Es ist gut Mondrose, dass du wieder hier bist." Pujing führt Mondrose an den Ofen und reicht ihr eine Schale Tee. „Setz dich zu deiner Mutter."

Tante Wang hat die Begrüßung der beiden Mädchen mit Argwohn beobachtet. Gut, wenn sich die Schwestertöchter halbwegs leiden können. Schlecht, wenn sie einander zu sehr schätzen.

„Mondrose, möchtest du dich nicht ein wenig mehr um deine Mutter bemühen?"

Der Tadel der Tante Wang hat Mondrose getroffen.

Stets bemüht sie sich, alles recht zu machen. Dennoch. Scheinbar reicht es nie ganz.

„Mutter, wir haben vereinbart, dass ich dich in der Zeit des Drachen abholen werde, zuvor jedoch mit Pujing ein Gespräch führe."

Pujing ist hellhörig geworden. „Soll das heißen, dass du, Tante Wang, nie vorhattest, schon gestern zurück zu fahren?" Pujing blickt ihrer Tante in die Augen. „Nun ja", Tante Wang zupft erst an ihrer Nase und klopft dann mit ihrem Stock auf dem Boden, „so ganz sicher war ich mir nicht, denk doch an das schlimme Unwetter gestern. Hätte ich dich da alleine lassen sollen?"

Pujing schüttelt den Kopf. Tante Wang ist wie eine Schlange. Sie windet und schlängelt ihre Worte um Gesagtes, das sich ihr in den Weg stellt. Worte der anderen sind mit Geschick zu umkriechen, Gespräche zu vergiften.

„Pujing, lass uns setzen, Mutter möchtest du nicht ein wenig aus der Jurte, um dir die Beine zu vertreten?" Tante Wang schwingt ihre Kartoffelfüße aus dem Bett. Gerne geht sie vor die Türe. Mondrose hat nun eine schwierige Aufgabe zu lösen. Neugierig ist sie schon, die Tante Wang. Sie weiß aber auch, wann es vorteilhafter ist, die Fäden von ganz weit hinten zu ziehen. „Gut, ich werde den Bretterzaun nochmals in Augenschein nehmen, wobei das nicht mehr Pujings Ärgernis sein wird." Tante Wang öffnet die Türe, steckt ihren Kopf hinaus und schiebt sich langsam aus der Jurte. Mondrose schließt sogleich die Türe und steckt den Eisennagel in das Schloss.

Pujing trocknet die Teeschüsseln mit einem alten, abgenutzten Tuch. Unbehagen macht sich langsam in ihr groß, weit und schwer. Nur selten besucht sie dieser unliebsame Geist in ihrem Bauch. Meist dann, wenn etwas Schreckliches geschehen wird.

„Mondrose, sprich mit mir, was ist heute anders, als

sonst?" Mondrose legt ihre Hände auf Pujings Schulter.

„Glaub mir Pujing, all die Worte, in denen ich jetzt zu dir spreche, sind wie kleine Schmetterlinge, die dir nur Schönes bringen wollen. Auch wenn du vielleicht durch die vielen, vielen bunten Tierchen erstmals nicht verstehst, was ich sagen möchte."

Pujing spürt Tierchen, aber ihre sind nicht bunt und luftig, sondern klein, dick, rot und hässlich. Sie spucken Feuer und springen wie wild. Zorn ist es, was Mondrose trifft.

„Sag, kannst du nicht einfach sagen, was los ist? Musst du deine Worte immer in Blumen, Wolken, Wohlgeruch und Süßkram packen, damit ich erst dann merke, was du willst, wenn du schon längst mit Tante Wang in Sicherheit bist?"

Mondrose schlägt erschrocken ihre kleine, weiße Hand vor den Mund. So hat Pujing noch nie mit ihr gesprochen. Sie vermutet, dass soeben der Geist von Pujings Großvater durch die Jurte galoppiert ist. Ängstlich blickt sie in die dunklen Nischen der Jurte.

Pujing schüttelt die andere Hand von Mondrose von der Schulter und wartet bis Mondrose spricht.

„Gut Pujing, du hast Recht." Mondrose hat das Gefühl, als müsse sie auf einen Geröllhaufen klettern. Jetzt ganz schnell. Schritt für Schritt. Wort für Wort den schwierigen Weg beschreiten.

„Pujing, du kannst nicht länger alleine in dieser Jurte leben. Du ernährst dich von der Hand in den Mund, bist hier draußen schutzlos. Hast keine Familie in dieser Siedlung, in der es nichts gibt. Du musst mit uns in die Stadt hinunter."

So schnell hat Mondrose noch nie gesprochen. Sie

steht jetzt auf der Spitze ihres Geröllhaufens, bekommt kaum Luft, schließt die Augen. Warten – einfach warten. Pujing muss fast lachen. Der Geist in ihrem Bauch ist weg. Einfach so. Mondrose hat ihn mit ihrem Blödsinn vertrieben.

Liebe, kleine Mondrose.

Liebe, süße Teezeremonienmeisterin.

„Mondrose, du spinnst. Ich bleibe hier und zwar so lange es mir gefällt!"

Mondrose öffnet ihre Augen.

„Pujing, liebe Schwester, wir sind deine Familie, du musst, bis du einen Mann hast, der Ältesten gehorchen."

„Nein, Mondrose, das sind Chinesengesetze, nach denen ich nicht leben kann."

Mondrose spürt leichten Unmut. Das erschreckt sie. Sie hat ihre Gefühle immer unter Kontrolle. Nur jetzt nicht. „Was machst du in einem Jahr, in zehn Jahren, in zwanzig Jahren?"

„ Ach ...!"

Pujing öffnet die Türe ihrer Holztruhe. Sie sucht nach ihren Stoffen. Pujing war in den letzten Monaten fleißig. Tulga hat ihr einige Ballen Seide, Leinen und Kaschmir vorbeigebracht.

Wochenlang hat Pujing die Stoffe mit Motiven aus ihrem Leben hier draußen bestickt. Lachende Kinder, weidende Schafe, ruhende Pferde, Frauen, die Yaks melken, Männer, die ihr Vieh zusammentreiben, Menschen, die unterwegs sind, sie alle hat Pujing auf ihren Stoffen festgehalten.

„Da, ich habe sie!" Pujing zieht an einem Stoffzipfel, sogleich fällt ihr das ganze Bündel in den Schoß.

„Hat das deine Tack-Tack-Maschine gemacht?" Mondrose kommt näher und kniet neben Pujing auf dem Boden.

„Die Nähmaschine, meinst du wohl", belehrt sie Pujing und streicht die ersten Meter Seidenstoff glatt. Grün schillernd liegt er vor Pujing und Mondrose.

„Das fühlt sich kühl an." Beeindruckt streicht Mondrose sanft über den Stoff. Pujings Blick bekommt etwas Weiches, Verträumtes.

„Grün leuchtend wie die Steppe, wenn es geregnet hat, und hier Mondrose, der blaue Himmel - und sieh", wieder sucht sie nach einem weiteren Stück, „das ist Brokat, Tulga hat ihn aus Japan. Siehst du die Schafe und Kinder, die ich aufgestickt habe?"

„Was machst du mit den bestickten Stoffen?" Mondrose sucht in der Truhe nach den wertvollen Ballen.

„Ich nähe mit der Maschine das, was die Menschen hier brauchen. Kleidung, Decken, Kissen, alles für die Jurten eben."

Mondrose steht geschmeidig auf, dehnt ihre Glieder und sieht auf Pujing herab. „Weißt du, liebe Schwester, ich bin nicht sehr klug, aber ich weiß, was ich sehe." Mondrose macht eine Pause und überlegt. „Ich sehe, dass du hervorragende Nähte machen kannst, wunderbare Dinge aufstickst, Dinge, die dich täglich begleiten, aber das ist alles eine Lüge."

Pujing springt auf. Achtlos wirft sie ihre wunderbaren Stoffe auf den Boden. „Was meinst du?" Zorn ist in Pujing, sehr viel Zorn. Wie kann es Mondrose nur wagen, Kritik zu üben. Gerade Mondrose!

Mondrose spaziert in der kleinen Jurte umher. Mal streift ihre Hand den Ofen aus Eisen, mal die bunt bemalten roten Holzsäulen, dann wieder die feinen Stoffe an den Scherengittern.

„Sprich mit mir!" Pujing ist ungeduldig. Erst wird ihr vorgeworfen, auf der falschen Seite des Lebens zu stehen, dann ist ihre Arbeit als wertlos zu betrachten.

Mondrose bleibt vor Pujing stehen, bückt sich nach dem blauen Stoff und hält ihn vor Pujings Augen.

„Was siehst du?" Pujing schüttelt ihren Kopf. Ungläubig. Kinderspielereien.

„Was soll ich schon erkennen? Ich habe den Seidenstoff bestickt." Mit ihren langen, schmalen Fingern streift Pujing über ihre Motive. „Sieh her, Mondrose, da sind die Sterne, der Mond und eine Jurte, ganz alleine in der ewigen Weite. Pferde grasen, Schafe schlafen und die Hunde vor der Jurte sitzen still. Rauch steigt auf und hier hinten siehst du das Chentijgebirge."

„Ja, schön, aber jetzt die Lüge."

Pujing schnaubt wie ein Hammel durch die Nase. „Was ist hier die Lüge? Ich bin hier, da ist mein Stoff und dann gibt es eben die vielen Bilder."

Mondrose greift nach einem weiteren Tuch. „Gelber Brokat, wenn ich mich nicht irre?"

Pujing zuckt ihre Schultern.

„Also gelber Brokat", fährt Mondrose fort, „Kamele in der Gobi, nehme ich an; Männer, die eine Karawane begleiten. Sag mir Pujing, woher kennst du das alles, warst du jemals dort?"

Pujing schüttelt ihren Kopf. „Was fragst du mich so dumm? Du weißt genau, dass ich immer nur bei Tante Wang und dann hier in der kleinen Jurte gelebt habe."

Mondroses Blick bekommt etwas Triumphierendes. Das ist neu. Neu für Mondrose und neu für Pujing.

„Ja gut, aber woher kommen die Bilder?"

Pujing deutet auf die Kommode, den kleinen Altar, das Bett, die vergilbten Bilder an dem bemalten Spiegel

und die alten Stiefel des Großvaters, die noch wie vor vielen Jahren von der Zeltdecke baumeln. „Hier gehe ich auf Reisen. Geistreisen, Mondrose, verstehst du?" „Ich sehe nur", antwortet Mondrose nachdenklich, „dass du Reisen unternimmst, die sich nicht echt anfühlen können. Kennst du den Geruch der Gebirge, den Geschmack der Gobi, spürst du die Weite der Steppe, hörst du das Schlafen der Schafe, das Weiden der Pferde, siehst du den Strahl des Mondes, wenn er auf das Weiß der Jurte trifft? Nein, Pujing das alles kennst du nicht. Deshalb sind für mein Herz deine Bilder tot."
Stille in der kleinen Jurte.
Pujing hört ihren Herzschlag, hört ihren Atem.
Muss nachdenken, Mondroses Worten nachfühlen.
Sie möchte Mondrose beschimpfen, ihre Wut in die Stadt hinunterbrüllen, ihren Tränen Lauf lassen. Pujing spürt die Wahrheit, die Mondrose in den Bildern erkannt hat. Sie, Pujing hat sich angemaßt, die wissende Mongolin zu sein, erkannt zu haben, wie die Menschen leben, wie jede Kreatur bis zum letzten Staubkorn atmet und existiert - und das alles aus ihrer Höhle heraus. Hinter verschlossener Türe. Ein tägliches Gehen von der einen Ecke des Bretterzaunes zum anderen. Nicht mehr.
Pujing steht mit dem Rücken zur Türe.
„Und jetzt Mondrose? Glaubst du, ich komme mit dir?"
Mondrose betrachtet ihre Schwester von oben bis unten.„Du solltest deine Jurte verlassen, aber nicht, um mit mir zu gehen, sondern um deinen Weg zu suchen. Geh in die Steppe, ins Gebirge, reise mit den Menschen, blicke in ihre Gesichter, erspüre ihre Gedanken und Gefühle. Nimm deine Nähmaschine mit auf deine

Reise. Sticke das, was du mit den Augen und dem Herzen siehst auf deine wunderschönen Stoffe. Gib all den Dingen Leben."

Pujing kann nicht sprechen. Zu viele Gedanken springen in ihr umher. Wo ist der Anfang eines vernünftigen Gedankens?

Es klopft an der Türe.

„Mondrose, Pujing, seid ihr fertig? Ich möchte jetzt endlich nach Hause."

Mondrose schiebt Pujing sanft beiseite und öffnet die Türe.

„Mutter, du kannst eintreten. Wir brechen sogleich auf."

Tante Wang betritt die Jurte, schüttelt ihre Füße und betrachtet die Mädchen. Ihr Blick fällt auf ihre Tochter.

„Wird Pujing packen gehen?"

„Ja", antwortet Mondrose.

„Auf Pujing wartet eine Reise. Eine sehr, sehr lange Reise."

Pujing ist schon jetzt müde. Dabei ist sie noch gar nicht richtig aufgebrochen. Sie hat ihre festen Lederstiefel über die Füße gezogen, ein Leinentuch um die pechschwarzen Haare gebunden und ist nun unterwegs. Unterwegs zu Tulga.

Tulga arbeitet die meiste Zeit auf dem Schwarzmarkt. Dort, wo die vielen, vielen Container stehen. In den Containern lagern Waren aus dem Westen, dem Osten, dem Süden und dem Norden. Gleich an den Gleisen in südöstlicher Richtung am Rande der Stadt gibt es all das, was ein Mongole für sein Leben braucht. Pujing mag diesen Markt nicht. Zuviel Menschen, zuviel Waren. Dann soll sie auch noch darauf achten, dass kein gewitzter Taschendieb ihre Tugrik an sich bringt.

Eiligen Schritts marschiert Pujing an Flachbildschirmen, Turnschuhen und Handys vorüber, bis sie endlich auf Tulga trifft. Tulga verkauft Schafwollmatten und Eisenöfen für Jurten. So auch heute. Er sitzt auf einem Klappstuhl vor seinen Schafsmatten und raucht seine Gaans. Er ist noch nicht alt, aber auch nicht mehr jung. Irgendwo dazwischen. Tulga hat eine Frau und eine Tochter in der Stadt, aber er erzählt nie von den beiden. Der Rauch kann den Geruch nach Hammel nicht vertreiben, aber schließlich riecht die ganze Stadt nach Hammel.

Auch die Menschen.

Aber nur die, die aus der Steppe in die Stadt kommen, riechen danach.

Stadtmenschen riechen anders, einfach nicht mehr nach Nomadenmenschen. Pujing mag diesen Geruch. Wenn Pujing auf dem Markt ist, schleicht sie oftmals an Männer und Frauen aus der Steppe heran, um ein wenig an ihren Deels zu schnuppern. Sie riechen nach Weite, Arbeit und Familie. Dinge, die Pujing nicht kennt.

„Tulga", ruft sie, um ihn auf sich aufmerksam zu machen. Sie weiß, dass er sich immer freut, sie zu sehen. Hat er nicht dafür gesorgt, dass so manch einer ihre bestickten Stoffe und Deels kauft?

„Pujing, was machst du heute hier?" Tulga steht auf, klopft seine Gaans am Klappstuhl ab und umarmt Pujing. „Jetzt sag schon."

Tulga hat schmale, dunkle Augen und einen wilden Haarschopf, der wie ein grau-schwarzes Tier auf seinem Haupt thront. Pujing muss lachen. Immer wenn sie zu Tulga kommt, ist es so, als hätte sie einen

schweren Koffer gegen eine Hand voll Luft einge-
tauscht.

„Tulga, du musst mir helfen!"

Atemlos und mit geröteten Wangen steht sie vor ihrem
alten Freund. „Ich möchte auf eine Reise gehen, aber
ich brauche ein Pferd oder einen Ochsenwagen oder
irgend etwas anderes, das mich von hier fort bringen
kann."

Tulga schiebt Pujing ein Stück von sich und blickt ihr
forschend ins Gesicht. Gut, sie war schon immer ein
wenig anders, als all die Menschen, mit denen er sonst
zusammentrifft, aber eine Reise?

„Pujing, gehst du in das Land deiner Mutter?"

„Nein", Pujing schüttelt ihren Kopf. Dabei fällt ihr das
Leinenband von den Haaren. Tulga greift nach unten.
Seine Hand umschließt das Haarband. Er reicht es ihr.
„Was heißt Nein? Wohin gehst du?"

Pujing blickt ihm fest in die Augen. „Ich gehe in das
Land meines Vaters, wo immer das auch sein mag.
Vielleicht hier, oder an 100 anderen Stellen."

Tulga kannte Pujings Vater. Aber das ist lange her. Keiner weiß, ob er noch lebt oder längst von den Vögeln
zu den Geistern gebracht worden war. Aber welcher
Geist tobt nun in Pujing?

„Das bedeutet, dass du dich auf den Weg machst. Du
alleine, mit einem Pferd, oder Ochsen!" Tulga muss
fast lachen, so absurd scheint ihm Pujings Vorhaben.
„Was sagt denn deine Tante Wang dazu? Ach, bestimmt kommt die auch mit!"

Pujing ist Tulga nicht böse. Wozu. Hat er doch bisher
immer nur die Verrücktheiten von Pujing gekannt. Pujing schnallt ihre Ledertasche vom Rücken und öffnet
den Verschluss. Bereits in den frühen Morgenstunden

hat Pujing ihre vielen Stoffe zusammengetragen, um sie Tulga in die Stadt zu bringen. Stumm breitet sie einen Stoffballen nach dem anderen vor ihrem alten Freund auf dem Boden aus.

„Du möchtest wohl, dass ich die Stoffe für dich weiter verkaufe?" Tulga raucht wieder an seiner Gaans und betrachtet mit zusammengekniffenen Augen die bunt glänzenden Näharbeiten Pujings.

„Schau sie einfach nur an. Was siehst du?" Pujing ist neugierig, ob ihr kluger Tulga die Wahrheit erkennt.

„Was soll ich denn sehen? Einen roten Seidenstoff mit Mädchen ohne Schuhe, die mit einem kleinen Hund spielen." Tulga geht um den nächsten Ballen.

„Hier der graue Brokat. Stickereien von Blumen, nein Gräsern, oder etwas anderem, was weiß ich!" Tulga hat keine Lust mehr. „Pujing, was soll die blöde Fragerei? Du weißt doch selbst am besten, was du so siehst und auf die Stoffe stickst. Bist du nun Näherin, oder nicht?"

Pujing ist nicht zufrieden.

„Schau dir mal die Mädchen und den Hund an. Fällt dir etwas auf?"

Tulga geht in die Knie, schiebt seine Gaans in den rechten Mundwinkel und betrachtet stumm die Szene auf der Seide. „Also, wenn du mich fragst, die Mädchen sind mürrisch und der Hund ist entweder altersschwach, oder krank."

„Genau!" Pujing ist glücklich.

Tulgas Augen sehen in Pujings Kopf hinein. Jetzt steht einem Pferd nichts mehr im Wege.

„Ja und, dann tragen die Leute eben Deels mit mürrischen Mädchen und kranken Hunden. Die wärmen genauso." Tulga ist doch mit Blindheit geschlagen. „Ich möchte aber, dass meine Mädchen lachen, die Hunde fröhlich springen, die Schafe freudig weiden und alle glücklich sind."

„Ha!" Tulga verzieht sein Gesicht und beginnt zu lachen. „Mensch Pujing, dann stickst du einfach fröhliche Dinge. Du bist doch selbst schuld, wenn alle so griesgrämig aus deinen schönen Stoffen heraus sehen." Pujing holt tief Luft.

„Ich kann nur das sticken, wie ich mich fühle und was ich sehe. Ich sehe Traurigkeit und bin auch irgendwie traurig. Ich wusste es nur bis gestern nicht." Tulga sieht seine junge Freundin prüfend an. Irgend etwas war mit ihr geschehen. Liegt das vielleicht an dem gestrigen Wind?

Wobei.

Tulga blickt genauer auf die gestickten Bilder.

Pujing hat Recht. Immer nur Jurtensiedlungen, Kinder, die ohne Spaß spielen, Tiere, die dahinsiechen, Menschen, denen die Sorgen ins Gesicht gezeichnet sind.

„Du hast recht Pujing, aber viele Menschen hier sind nicht glücklich. Das ist die Stadt und der Stadtrand. Da, wo auch du lebst. Es gibt hier viel Armut und Kinder, die auf der Straße leben. Das hat uns die neue Zeit gebracht. Du siehst das und machst deine Bilder." Pujing beginnt die Stoffe wieder zusammen zu rollen.

„Ich möchte andere Dinge sehen. Menschen, Tiere, die Weite. Ich muss herausfinden, ob es dort ein Glück gibt und ob ich es mit meiner Nähmaschine festhalten kann. Deshalb brauche ich ein Pferd."

Tulga überlegt. Pujing scheint fest entschlossen, dieses verrückte Vorhaben der Reise in die Tat umzusetzen. Besser er kümmert sich darum, als dass sie vielleicht zu einem windigen Viehhändler geht und nach Strich und Faden betrogen wird. „Pass auf, Pujing. Mein Brudersohn Altannar zieht Morgen zurück ins Uwurchangaj-Aimak. Altannar hat hier Schafe verkauft, dafür einen Sonnenkollektor und Getreide bekommen und jetzt geht die Reise zurück."

Pujing spürt, wie langsam viele kleine Geister in ihrem Bauch umherflattern. Sie legt beide Hände auf den Bauch und holt tief Luft. „Du meinst, er kann mich mitnehmen?"

Tulga nickt. „Altannars Frau ist vor einigen Monaten gestorben. Er ist mit den Kindern alleine dort draußen." Tulga deutet unbestimmt Richtung Westen. „Ich denke er ist froh, wenn er eine Frau findet, die auch die Arbeit einer Nomadin übernimmt."

Pujings kleine Geister flattern nicht mehr. Nein, die kleinen Geister haben sich zu einer Kugel zusammengetan und liegen schwer in Pujings Bauch. „Tulga", ruft sie mit Entsetzen, „ich möchte Schönes erleben und daraus Bilder sticken und nicht Schafe melken und Kinder hüten."

„Du bist ein kleines , dummes Mädchen!" Tulga verliert die Geduld mit Pujing. Hat er nicht alles möglich gemacht, um ihr zu helfen? „Wie willst du Dinge erleben, ohne sie zu erspüren?" Tulga dreht sich um und setzt sich zurück auf seinen Klappstuhl. Für ihn ist das Gespräch beendet. Mit kleinen, dummen Mädchen möchte er keine Worte wechseln.

Pujing steht unschlüssig inmitten der Menschen. Menschen, die an ihr vorüberhasten, sie anrempeln, fast zum Fallen bringen. Sie überlegt. Ihr fällt nichts ein. Sie versucht, auf die Stimme in ihrem Inneren zu hören, aber die ist verstummt.

Gut. Pujing wirft ihre Ledertasche über die Schultern,

dreht sich um und geht so schnell sie kann Richtung Ausgang. Erst einmal weg von hier und dann nachdenken. Pujing geht zu Fuß den weiten Weg zu ihrer Jurte am Stadtrand. Sie blickt weder nach links, noch nach rechts. Geradeaus gehen, krumm und schief denken. Das passt nicht zusammen.

Pujing ist an ihrer Jurte angekommen, öffnet mit dem Eisennagel das Schloss und läuft eilig in ihr kleines Reich. Türe zu. Nachdenken. Pujing setzt sich vor ihren Ofen und öffnet die Klappe. Sie seufzt.

Die Glut ist schon lange ausgegangen. Also kein Tee. Ihre Füße schmerzen. Vorsichtig zieht sie die Lederstiefel erst von ihrem linken, dann von ihrem rechten Fuß. Ach ja, die lieben Familien.

„Euch werde ich wohl hier lassen und passt gut auf meine Jurte auf!"

Pujing erschrickt.

Was war das eben?

Sie hat sich entschieden.

Das ist geschehen!

Pujing kann ihre Gedanken selbst nicht klar fassen, aber ihre Entscheidung steht. Sie wird morgen mit Altannar die Stadt verlassen und mit ihm ziehen. Der Wegegott hat ihr die richtige Entscheidung gedeutet. Pujing springt auf und tanzt in ihrer kleinen Jurte um den Eisenofen. Sie ist glücklich. Gleich morgen, bevor sie losgeht, wird sie drei Steine beim Owoo ablegen, ihn dreimal umrunden und eine Opfergabe dort lassen.

In der Nacht kann Pujing nicht schlafen. Sie liegt auf ihrem Bett, blickt durch den Dachkranz auf die vielen Sterne am nachtschwarzen Himmel.

Denkt an Tante Wang. Die Tante. Wie entsetzt sie doch war. Mondrose hat Tante Wang einfach am Arm ge-

nommen und sie den Weg zur Stadt mit gezogen. Das
Letzte, was Pujing am gestrigen Tag von Tante Wang
gesehen hatte, war deren Kopfschütteln.
Pujing schließt die Augen.
Nicht daran denken.

Grau ist der Himmel am nächsten Tag. Kein Sonnen-
strahl fällt durch die Dachöffnung der Jurte auf die
langsam wach werdende Pujing. Pujing blinzelt nach
oben, streckt ihre Glieder und ordnet ihre Zöpfe. Die
vorwitzigen Haarsträhnen stopft sie kurzerhand unter
die Haargummis. Pujing geht langsam auf nackten
Füßen zu ihrem Ofen. Gut, dass er noch Glut hat. Mit
einigen Stücken Yakdung erwacht das Feuer zu neuer
Wärme.
Pujing bereitet ihren Morgentee. Das dauert.
Sie hat all die Dinge, die ihr für die Reise wichtig sind,
bereits in der Nacht gepackt. Lederstiefel, dicke Röcke
und Hosen, ihre bunte, warme Jacke, die feste Decke
und Garnrollen. Blaue, grüne, türkise, orange, rote,
rosarote, hellblaue, gelbe, beige, braune und schwarze.
Auch die schillernden Seidenstoffe hat sie vorsichtig in
die große Ledertasche gepackt. Pujing nimmt ein Tuch
von der Wand, reibt ihre Tasse aus und gießt heißen
Tee ein. Sie öffnet die Türe ihrer Jurte und begrüßt den
kommenden Tag mit einigen Tropfen Tee, den sie über
ihre Türschwelle spritzt.
Jetzt kann nur noch alles gut gehen.
Pujing ist sich sicher.
Sie darf nur nicht trödeln.
Tulga weiß ja gar nicht, dass sie doch mit Altannar rei-
sen möchte. Eilig schlürft Pujing den letzten Schluck.
Schnell ein Blick des Abschieds in alle Himmelsrich-

tungen und schon ist sie reisebereit. Die bunten Decken ihrer Schlafstätte werden zusammengerollt, die
Teetasse und der Topf ausgewischt, und der Eisenofen
wird von alleine ausgehen.

„Bis bald, kleine Jurte. Bis bald Familie DaGa und
Familie Xiang Wan. Streitet nicht. Auf Wiedersehen."
Pujing zieht hinter sich die Türe in das kaputte Schloss,
stößt den Eisennagel in den Haken und geht, ohne sich
noch einmal umzudrehen, die Straße zur Stadt hinab.
Die schwere Ledertasche stößt mit jedem Schritt an ihr
rechtes Bein. Unter ihren linken Arm hat sie die Nähmaschine geklemmt. Mühsam winkt sie der kleinen
Jilan, die ihre Schafe fängt. Dem alten Gafar, der mit
blinden Augen Wasser holen möchte - und dann ist da
noch Galsan. Der Junge, der Pujing immer zum Lachen bringt.

Sie alle entfernen sich mit jedem Schritt, den Pujing
geht, ein Stück mehr aus ihrem Leben. Sobald Pujing
auf Altannar trifft, werden sie nicht mehr da sein.
Viele Menschen sind mit ihr unterwegs. Sie alle hasten
zur Arbeit und warten auf ihre Busse. So manch einer
betrachtet Pujing mit Staunen. Eine kleine Chinesin,
mit großer Tasche und schwerer Nähmaschine. Pujing
bemerkt diese Blicke nicht.

Sie hat keine Zeit,
Eile ist geboten.
Das neue Leben ist, wenn sie Pech hat, vielleicht schon
ohne sie aufgebrochen.

Der Schwarzmarkt hat bereits geöffnet. Schon jetzt am
frühen Morgen herrscht eine große Betriebsamkeit.
Pujing muss achtsam sein. Hat sie doch all ihr Hab und
Gut bei sich. Ein Pulk von Männern schiebt sie mit zu

dem Container mit den Autobatterien. ‚Wenn ich nicht aufpasse, dann werde ich noch zu den Billardtischen und den jungen Hunden gezogen‘, denkt Pujing.

Angst breitet sich in ihr aus. Angst, dass alles umsonst war. Und warum? Weil sie sich wie ein Spielzeug herumschubsen lässt.

Pujing bleibt stehen.

Die Menschen, die dicht hinter ihr gehen, prallen gegen sie. Macht nichts. Pujing hält ihre Nähmaschine wie ein Schutzschild vor die Brust. Die große schwere Ledertasche steht zu ihren Füßen. Pujing freut sich. Alle machen einen Bogen um sie.

Sie möchte nur noch Tulga finden. Pujing kennt den Weg zu ihrem Freund wie im Schlaf, so auch jetzt.

Aber - der Platz vor seinem Container ist leer.

Pujing stellt ihre Ledertasche auf den Boden, wartet.

Stellt die Nähmaschine neben die Ledertasche.

Wartet. Nichts geschieht.

Sie blickt um sich, dreht sich.

Nichts.

Vielleicht ist Tulga noch nicht hier?

Kommt er später?

Kommt er Morgen?

Kommt er in einer Woche?

Pujing ist ratlos. Traurigkeit und Verzweiflung machen sich in ihr groß und schwer. Pujing überlegt.

Was war da vorhin, wo jetzt die Traurigkeit ist? In diesem großen Raum muss zuvor etwas anderes Großes Platz gefunden haben.

Was war das? Es war die Hoffnung. Genau, Pujing ist sich ganz sicher. Es war die Hoffnung, die Freude, die Erwartung.

Alles weg.

Ein schlechter Tausch, findet Pujing und bückt sich nach der Ledertasche und der Nähmaschine. ‚Ich werde Altannar finden müssen‘, das ist ihr einziger Gedanke.

Sonnenkollektoren und Getreide wollte er kaufen. Sie macht sich auf den Weg. Fragt unterwegs nach dem Container mit den Kollektoren, wird mal hierhin, mal dorthin geschickt. Pujing findet den Container nicht. Sie verlässt den Markt. Setzt sich auf den Randstein der Straße.

Es wäre einfach, in die Jurte zurückzukehren. Den Ofen anzuheizen, die Dinge auszupacken und dort weiterzumachen, wo sie aufgehört hat. Nein, beschließt Pujing, dafür ist sie schon viel zu weit weg von ihrem alten Leben. Sie sitzt in einem dunklen, tiefen Loch und das neue Leben ist nicht in Sicht. Sie blickt um sich, vielleicht kennt hier jemand Altannar.

Möglich wäre es.

Pujing steht auf, streicht ihren braunen Leinendeel glatt, nimmt ihre Ledertasche und die Nähmaschine und kehrt auf den Markt zurück. Am ersten Stand, an dem sie vorüberkommt verkaufen Frauen getrockneten Joghurt und Stutenmilch. Pujing schiebt eine Hand voll Tugrik über den hölzernen Verkaufstisch und nimmt eine Plastikflasche des belebenden Getränks.

„Sagt mal“, beginnt sie so unbeteiligt wir möglich, „kennt ihr Altannar aus dem Uwurchangaj-Aimak?“ Eine der Frauen, sie ist wohl die Ältere, fängt an zu lachen.

„Bist du hier zwecks Brautschau?“

Pujing ist irritiert. „Wieso Brautschau, ich denke Sonnenkollektoren.“

Jetzt lacht auch die Jüngere. „Sonnenkollektoren,

das ist ja komisch, kann sein, dass er jetzt viel in den Fernseher schaut, da draußen in der Steppe, so ganz ohne Frau, aber ein paar alte Witwen haben sich schon gemeldet. Die wollen ihm das Leben verschönern und selbst einen haben, der die morschen Knochen warm hält." Jetzt lachen beide und amüsieren sich köstlich.

„Ich finde das gar nicht komisch", beginnt Pujing, da winkt die Ältere ab. „Versuch' nur dein Glück, du findest ihn dort hinten bei den Billardtischen."

Pujing nickt den beiden zu, nimmt ihre Ledertasche und die Nähmaschine und macht sich wieder auf den Weg. Hätte sie sich vorhin von all den vielen Menschen mitziehen lassen, dann wäre sie wohl schon früher bei den Billardtischen gelandet.

Sie geht durch Gassen zwischen den Containern. Dann durch einige Container hindurch, an unzählig vielen Tischen mit Waren aus aller Welt vorüber, bis sie endlich bei den Billardtischen ankommt. Die Männer hier lachen, trinken Wodka und rauchen ihre Gaans.

‚Verflixt, ich habe das Gefühl, das alles immer schlimmer, als besser wird', denkt Pujing und beobachtet die Männer.

Wer kann Altannar sein?

Der mit den schwarzen Haaren, oder der Lange, vielleicht der Dicke, der Kleine?

Pujing weiß, sie muss fragen, auch wenn es Überwindung kostet.

Aber wen?

Sie beobachtet die Männer. Einer ist dabei, der gefällt ihr. Irgendwie. Er ist ruhig, trinkt kein Bier und wirkt besonnen. Ja, ihn wird sie fragen. Pujing nimmt ihren ganzen Mut zusammen, atmet tief ein und überquert den Platz.

Sie steht hinter ihm. Tippt an seine Schulter.

Wartet, bis er sich umdreht.

„Was willst du?" Er wirkt mürrisch und abweisend.

„Entschuldige", beginnt Pujing, „aber ich suche Altannar."

„Was willst du von ihm?" Der Mann vor ihr wirkt noch unfreundlicher als zuvor.

„Ja, also, ich wurde, ich meine, ich bin geschickt, nein, ich möchte mit ihm mit in sein Aimak." Pujing könnte sich auf die Zunge beißen. Was hat sie nur für Blödsinn gesprochen.

„Wer schickt dich denn?" Der Mann sieht streng auf Pujing herab. Das macht ihr Angst. Aber Angst ist ein schlechter Weggefährte. So richtet sich Pujing gerade auf und sagt mit fester Stimme.

„Du musst nicht mit mir sprechen, als würde ich um Almosen betteln. Sag mir einfach, wo ich Altannar finde und ich bin weg. Geschickt haben mich übrigens die beiden Frauen von vorne am Eingang." Abwartend betrachtet Pujing das Gesicht des Mannes. Er scheint nachzudenken. Er sieht gar nicht so übel aus, findet Pujing. Eigentlich hätte er sehr schöne Augen und einen wunderschönen Mund. Und was macht er daraus? Beides verzieht er zu hässlichen Grimassen.

„Ich bin Altannar und du bist wohl die, die mitkommen möchte!", stellt der Mann vor Pujing fest.

Pujing ist zunächst sprachlos. Froh, ihn gefunden zu haben, aber, ein grauenvollerer Mann als dieser hier war ihr bisher nie begegnet.

„Ja", nickt Pujing. „Hier bin ich nun. Wann kann es losgehen?"

„Halt dich bereit", grummelt Altannar und dreht sich um, „ich muss nur noch aufladen, dann können wir

fahren. Wo sind deine Töpfe, deine Tücher, deine Tee-
kanne, dein Messer?" Er bleibt nochmals stehen und
wartet auf ihre Antwort.

„Ja, also", stammelt Pujing, „ich habe doch nur meine
wunderschönen Stoffe, die bunten Garne, ach und die
Nähmaschine."

„Eine Nähmaschine?" Altannar betrachtet Pujing, als
hätte diese zwei Köpfe, oder vier Arme. „Kannst du
damit wenigstens Yakfelle zusammennähen, oder Le-
derflicken ausbessern?"

Pujing versteht nicht, was er meint. Soll sie für ihn nun
nähen? Gut, sie wird sich überraschen lassen. Aber -
sie hat Altannar gefunden.

Ihr Reisegefährte verabschiedet sich von den Männern. „Bajartaj, bajartaj", rufen sie ihm zu und deuten
lachend auf Pujing.

Sie findet das Lachen nicht so lustig wie Altannar. Haben ihr die Männer doch gerade so sonderbare Blicke
zugeworfen. Pujing beschließt, Dinge, die sie nicht
einordnen kann einfach wegzupacken.

„Genau", sagt sie sich, „dumme Gedanken packe ich in
meinen Kopf ganz nach hinten in die hässliche Kommode mit den vielen Schubladen."

Altannar, der gerade eine große weiß-rot-blaue Plane
um seine Waren auf dem Lastwagen packt, hört nur
mit einem Ohr zu. „Du hast doch eine Kommode?"

„Nein", entgegnet Pujing, „die Kommode ist in meinem Kopf!" Oh, das war nicht gut. Pujing schlägt ihre
Hand vor den Mund. Was denkt Altannar jetzt wohl
von ihr?

Altannar schüttelt den Kopf und wundert sich nicht.
Eine Frau, die als Braut eines ihr unbekannten Mannes
in die Steppe geht, kann nicht ganz richtig unter ihren

schwarzen, langen Haaren sein. „Hoffentlich kannst du meine Stuten melken, dann darfst du auch Yakdung im Kopf haben, auch ganz hinten!“

Pujing ist ein bisschen beleidigt, aber die Kommode ganz hinten hat noch viel Platz. Sie befürchtet allerdings, dass eine Kommode für die lange Reise bei weitem nicht ausreichen wird.

Die Fahrt beginnt.

Pujing sitzt vorne neben Altannar. Sie ist aufgeregt. Von so weit oben hat sie ihre Stadt bisher noch nicht betrachten können. Sie zupft an ihrem Deel, reibt ihre Lederschuhe und spielt mit dem Verschluss ihrer Ledertasche. Sie freut sich.

Altannar startet den Lastwagen. Ein Ruck geht durch das Fahrzeug, es schaukelt und vibriert, dabei ertönt ein lautes Brummen und Stampfen. Pujing erschrickt und hält sich an ihrer Nähmaschine fest. Altannar scheint verschwunden zu sein. Aufgelöst, im blauen Rauch. Pujing tastet neben sich, ah ja, da sitzt er doch noch! Altannar macht sich über sie lustig.

„Das sind die Motorgeister, jetzt kennst du sie.“

Pujing ist skeptisch. Geister im Motor! Plötzlich ist der Gedanke da. Wie konnte sie das nur vergessen? Die Geister, die Opfergabe am Owoo!

„Altannar!“, ruft sie in den Rauch neben sich. „Kannst du bitte am nächsten Owoo kurz halten?“ Jetzt kann Pujing ihn wieder erkennen, der Rauch verzieht sich. Altannar nickt. Er hatte ebenso vor, am Owoo zu halten und zu danken.

Dafür zu danken, dass ihm die Geister eine Frau geschickt haben. Ihm wäre zwar eine, die keine Kommode im Kopf hat, lieber gewesen, aber er weiß, man kann nicht alles haben. Pujing ist zufrieden. Sie lehnt sich in ihrem Sitz zurück und schaut aus dem Fenster. Altannar fährt los. Es geht nach Westen. Lun und die Überquerung der Tulabrücke sind die erste Etappe der Reise. Pujing schließt kurz die Augen, als Altannar auf die Bremse tritt, hupt, flucht und mit beiden Händen heftig gestikuliert. Pujing fällt nach vorne und schafft es gerade noch, sich am Armaturenbrett abzustützen. Was war das? Pujing sieht wieder aus dem Fenster. Viele Autos sind unterwegs. Die meisten haben kleinere und auch größere Blessuren. Beulen, fehlende Lampen, keine Spiegel, Schrammen. Stoßstangen fehlen immer wieder. Pujing ist irritiert. Mal sitzt der Fahrer links, mal rechts in seinem Auto. Gerade da, wo sich das Lenkrad befindet.

Altannar erkennt Pujings Erstaunen und lacht. Sie ist froh über sein Lachen, bedeutet es doch, dass er auch fröhlich sein kann.

Das ist gut.

Pujing möchte doch so gerne die Fröhlichkeit und das Glück auf ihre Stoffe sticken. Fast zärtlich hält sie noch immer ihre Nähmaschine an sich gedrückt. Wie einen Schatz, den es zu beschützen gilt.

Die Teerstraße hat viele Löcher. Große, kleine, tiefe und solche, in denen sich der Regen sammelt. Wie ein Gesicht, dessen Falten vom Leben erzählen, so erzählt die Straße nach Karakorum auch ihre Geschichten. Von den schweren Anhängern der Viehhändler, den großen Tanklastzügen, den kleinen Linienbussen mit den vielen, vielen Menschen darin, von den Lastwagen mit den zerlegten Jurten und dem gesamten Hausstand darauf und nicht zuletzt den Tieren. Die Pferde, die vor dem Winter mit ihren dicken Grasbäuchen des Sommers träge am Fahrbahnrand stehen. Die Rinder, die zu jeder Jahreszeit ihre Knochen zeigen und die Schafe. Überall die Schafe. Weiße, braune, schwarze. Über der Straße, hoch oben in der Luft, kreisen die riesigen Geier. Die Flügel wie schwarze Segel weit gespannt. Piraten auf Jagd nach Aas.

Pujing betrachtet das Gebaren der Natur. Kann sich nicht satt sehen. Zu groß ist ihr Hunger nach Bildern. Plötzlich bremst Altannar erneut.

„Altannar, willst du mich umbringen?", schreit Pujing wütend. Hat sie sich doch gerade so angenehm in ihrer Betrachtung der grünen, samtigen Hügeln verlieren wollen. Altannar schüttelt verständnislos seinen Kopf.

„Du wolltest doch, dass ich am Owoo halte, oder?"

„Ja, ja", murmelt Pujing und öffnet die Türe. Sie springt vom Lastwagen und fällt auf die kläglich wachsende Grasnarbe am Fahrbahnrand. Ihre Hände umfassen etwas Hartes, das mit einem Knirschen nachgibt. Pujing wundert sich. Nicht dass sie sich verletzt hätte, aber in ihren Händen hält sie gerade eine alte, hässliche Plastikflasche. Diese Plastikflasche ist, soweit Pujing erkennen kann, nicht alleine hier. Mit angeekeltem Blick betrachtet Pujing die nähere Umgebung. Plastikabfall, alte Kleidung, Dosen, Folien in die Landschaft verstreut. Dazwischen weidende Schafe und Pferde.

„Altannar, wieso sieht es hier so aus?"

Altannar, der sich gerade hinter einen dürren Busch begeben hat, kommt zurück. „Ich war das nicht!", sagt er fast schuldbewusst. Pujing sieht ihn streng an. „Das kann einer alleine nicht machen, aber wo kommt das her?" Altannar zuckt gleichgültig mit den Schultern. „Was weiß ich, so etwas wie Müllabfuhr gibt es hier nicht. Die Leute aus der Stadt fahren hier raus und laden eben das alles ab."

Pujing blickt um sich. „Das passt doch nicht zusammen. Da der Müll aus der neuen Zeit und dort die Tiere der Nomaden, wie vor 1000 Jahren."

„So sehen eben die Schnittstellen zweier unterschiedlicher Lebensformen aus - und jetzt komm mit zum Owoo, wir haben nicht ewig Zeit." Altannar hat keine Lust, ständig mit Pujing zu diskutieren. Fast sehnt er sich seine Begleiterin früherer Zeiten herbei. Die Stille. Pujing stapft hinter ihm die kleine Anhöhe hinauf. Majestätisch wehen die blauen Fahnen des Owoos im Wind. Altannar und Pujing umkreisen schweigend den Owoo. Ein jeder ist dankbar. Ein jeder hat seinen Wunsch.

Zurück im Lastwagen beginnt das erneute, nun gewohnte Stampfen, Brummen und Dröhnen. Altannar verschwindet hinter seiner Rauchwand und kehrt zurück. Pujing ist müde, sie nimmt ihre Beine hoch und rollt sich zusammen. Sie schließt ihre Augen und überlegt, wie sie die neu gewonnenen Eindrücke auf ihren Stoff sticken könnte.

„Schwierig", murmelt sie. „Die Pferde, die Straßen, der Müll, aber mir fällt bestimmt etwas ein." Das laute Brummen lässt sie einschlafen. Ihre Zöpfe hängen auf den Boden herab, ihre Hände zucken leicht im Schlaf. Altannar lässt seine Blicke über sie gleiten. Ganz hübsch findet er sie eigentlich, auch wenn ihm ihr Gesicht ein wenig zu breit und ihre Statur zu klein ist, als dass er sie als schön bezeichnen könnte. Außerdem redet sie so komische Dinge, und die Fragen, die sie stellt, mag er nicht beantworten. Befürchtungen sind es, die an Altannar nagen. Sie nagen mit kleinen,

spitzen Zähnen, unermüdlich. Pujing hingegen kennt gerade keine Befürchtungen. Sie schnarcht. Leise.
Die Teerstraße endet.
Altannar reißt sein Lenkrad nach rechts, dann schnell nach links und verhindert so, dass der schwere Lastwagen umkippt. Das Einzige, was bei diesem waghalsigen Manöver kippt, ist Pujing. Sie ist von ihrem Sitz gefallen und unter die Sitzreihe gerutscht. Dort wacht sie auf. Sei weiß erst nicht, wo sie ist, bis ihre Erinnerung schlagartig zurückkehrt.
Altannar - die Reise - der Lastwagen.
Pujing reibt sich die Augen.
Das Land ist flach. Flach und sehr, sehr weit. Wie orangefarbene Adern schlängeln sich die Sandpisten über die endlos scheinende Ebenc. Lebensadern. Sie beginnen und enden nach einigen Kilometern, dafür kommt eine neue Ader, die wiederum von einer weiteren abgelöst wird. Wie ein riesiges Netz, das alles verbinden möchte, aber trotzdem immer wieder seine Menschen verliert.
Altannar kämpft sich über die Piste. Er hat einen Punkt an einem weit entfernten Berg fixiert, er darf ihn nicht verlieren. Bedeutet er doch die einzige Orientierung hier draußen.
Pujing ist still. Sie spürt seine Konzentration und möchte ihn nicht wieder verärgern. Der Lastwagen kämpft sich eine Anhöhe hinauf, Pujing schaut angestrengt nach vorne. Gleich wird sie etwas sehen. Etwas, das nicht nur nach Weite aussieht. Der Lastwagen ist oben angekommen. Pujing drückt ihre Nase ganz vorne an die Scheibe. Aber, was ist das? Berg runter, geradeaus, Anhöhe hinauf, ein Weg von wahrscheinlich zwei Stunden, das war es dann. „Oh nein", flüs-

tert Pujing und lässt sich auf Ihrem Sitz zurückfallen, „immer nur hinauf, hinunter, alles gleich." Altannar mustert seine Reisebegleiterin von der Seite.

„Du denkst wirklich, dass sich nichts verändert?" Pujing zuckt ihre Schultern. „Was meinst du, sollte sich verändert haben?"

Altannar versteht Pujing nicht. Die Erde hat inzwischen einen beigen Farbton angenommen. Das Gras ist zum großen Teil noch immer grün. Grün, aber nicht mehr saftig. Der Herbst hat schon lange Einzug gehalten. Der Himmel hingegen ist blau.

Er ist immer blau.

Ob bittere Kälte, oder ob alles verzehrende Hitze herrscht; die Tiere und Menschen geboren werden und sterben. Sie leben, verhungern oder verdursten. Den Himmel kümmert dies nicht. Wenn das Wegsehen eine Farbe hätte, dann wäre sie blau.

Vereinzelt stehen Jurten in der endlosen Weite. Kleine weiße Punkte in der Steppe. Einer Steppe, die dir, wenn du ihre Freundschaft gewonnen hast, zur Seite steht, dich nährt und beschützt. Nicht so Pujing.

„Altannar, das Rumpeln und Schaukeln macht mich krank, wie lange soll das noch gehen?"

Altannar schüttelt den Kopf. Was für eine unsinnige Frage. Sechs Stunden, oder gar sieben? Wer kann das wissen. Vielleicht bricht eine Achse, es platzt ein Reifen, oder Altannar besucht unterwegs Freunde. Das kann dann allerdings dauern. Freundschaften in der Mongolei sind wichtig. Bedeuten sie doch auch Sicherung der eigenen Existenz. Altannar seufzt.

„Pujing, ich hoffe, du wirst mich irgendwann verstehen."

„Ha!", Pujing muss fast lachen, „so viel Zeit werden

wir beide nicht miteinander verbringen, um das festzustellen!" Altannar weicht einem Tankwagen aus. Der Lastwagen springt und hüpft wie Tante Wang in ihren besten Tagen, dann hat Altannar wieder die Kontrolle über das Fahrzeug.

„Wie soll ich das verstehen?" Pujing setzt sich gerade auf ihren Platz, nimmt mit beiden Händen ihre Nähmaschine. „Ich bin zum Sticken und Nähen hier, nicht mehr, nicht weniger."

Altannar lacht. „Du bist nicht ganz richtig da oben. Du mit deinen Kommoden im Kopf. Ich kenne niemanden, der seine Jurte im Kopf trägt und darin wohnt."

Pujing sieht Altannar an.

Im Kopf eine Jurte?

Diese Idee gefällt ihr.

Eine Jurte hat ja viel mehr Platz, als eine kleine, wackelige Kommode. Altannar scheint doch nicht so übel zu sein.

Pujing reicht Altannar ihre Hand. „Wir schließen jetzt Frieden, ja?"

Altannar schlägt ein. „Wenn du dann nicht mehr so verrückte Dinge sagst, dann schlage ich ein. So oft du willst."

Altannar hat weiche, kraftvolle Finger. Pujing wird ein wenig kribbelig zumute. Hitze überzieht ihren Körper. Sie pustet ihre schwarzen Haarsträhnen nach oben.

„Das fehlt noch, dass ich den toll finde", denkt sie und mustert dennoch Altannar von Kopf bis Fuß.

Gut, die Füße stecken in schweren Lederstiefeln, der Körper ist von einem lilafarbenen Deel mit orangeroter Schärpe umhüllt, aber irgendwie ist da noch mehr. Pujing schließt die Augen und lehnt ihren Kopf an die Scheibe. Immer wieder bekommt sie einen heftigen

Stoß. Sie gewöhnt sich langsam daran. Ihre Gedanken beginnen zu wandern. Sie springen aus ihrem Kopf, verlassen den großen Wagen und verlieren sich in der Steppe.

Der Wagen fährt jetzt wieder ruhiger.

Altannar hat den Lastwagen zurück auf die geteerte Straße gelenkt. Wie eine lange graue Schnur zieht sich der Weg ins Unendliche. Ganz hinten am Horizont sind schwarze Wolken aufgetaucht. Bedrohlich wirken sie, vielleicht gibt es einen Schneesturm.

„Auch das noch", sagt Pujing und deutet nach vorne. „Was machen wir nun?"

Altannar kneift seine Augen zusammen, mustert die Wolkenfront und lacht.

„Hast du Angst, Angst vor schwarzen Wolken, die wie ein böser Geist auf dich herabkommen?"

Pujing ist beleidigt. Immer muss Altannar sie ärgern. Er macht sich wieder einmal lustig über sie. „Ich werde Tulga das nächste Mal schimpfen müssen, wieso hat er gerade dich als Reisebegleiter ausgesucht?"

Pujing hat jetzt so viel Ärger in ihrem Bauch, dass sie fast daran erstickt, oder zumindest einen Schluckauf bekommen wird.

Altannar reißt an seinem Steuerhebel und drosselt das Tempo. „Sag mal, Pujing", beginnt er, „wie kommst du auf Tulga, den habe ich schon seit Monaten nicht mehr gesehen!"

Pujing glaubt, nicht richtig gehört zu haben. „Was soll das heißen? Tulga hat mit dir gesprochen, du weißt doch Bescheid, oder etwa nicht?"

„Was soll ich wissen?" Altannar bereut mittlerweile zum, er weiß nicht wievielten Mal, sich für diese komische halbe Chinesin entschieden zu haben.

„Ich bin hier bei dir, um die Steppe kennen zu lernen, erst reise ich mit dir ein Stück und dann mit jemand anderem. Ich bleibe an einem Ort, dann gehe ich wieder." Pujing hat das Gefühl, als wäre nur Wind in ihrem Kopf. Ein kräftiger Wind, der alle vernünftigen Gedanken weggeblasen hat.

„Von deinen Reiseplänen weiß ich nichts", Altannar schaut nach vorne auf die Straße, „aber ich habe den Leuten vom Markt gesagt, dass ich eine Frau suche, eine Frau, die mit mir dort draußen leben möchte. Und dann", er blickt Pujing schnell ins Gesicht, „dann bist du gekommen. Du, deine sonderbare Nähmaschine und deine Ledertasche, die aussieht wie ein fetter Hund."

Pujing muss sich am Türgriff festhalten.

„Das kann nicht sein, ich bin völlig falsch hier!"

„Das glaube ich vom ersten Moment an!" Altannar bleibt gelassen. Wozu die Aufregung. Er hat seinen Grund für ihr Mitnehmen, sie hat ihren Grund für ihr Mitkommen. Gut, nichts passt zusammen.

Das ist wie Feuer und Wasser.

Geburt und Sterben.

Tag und Nacht.

Platz hat beides.

Die Steppe ist groß.

Pujing möchte nicht mehr bei Altannar bleiben. Wäre sie nur mit Tante Wang und Mondrose mitgegangen, dann müsste sie jetzt nicht mit einem ihr wildfremden Mann auf den Weg zu ihrer eigenen Hochzeit sein.

„Du hast mich geraubt!" Pujing ist wütend. „Kein Mensch weiß, wo ich mich aufhalte!"

Altannar schüttelt sich vor Lachen.

„Was denkst du, wie viel 1.000 mal 1.000 Menschen hier draußen unterwegs sind, und keiner so richtig weiß, wo die anderen sind?"

„Die anderen interessieren mich nicht!" Pujing nagt auf ihrer Unterlippe. Sie ärgert sich. Über Tulga, über Altannar, über den Lastwagen, über den Markt und am meisten über sich selbst. Über dieses dumme Mädchen Pujing. Das Mädchen, das aus einem Missverständnis heraus als Braut unterwegs ist. Eine Braut, die nicht heiraten möchte. Am allerwenigsten einen fremden Mann, mit einer Menge schmutziger Kinder. Nein, nicht mit Pujing!

„Altannar", schmeichelt sie ihm, „lass mich bitte in der nächsten Stadt, oder Dorf, was auch immer, einfach aussteigen, ja?"

Altannar nickt und sagt kein Wort. Er kennt das nächste Dorf. Und - er kennt inzwischen Pujing. Pujing wird noch länger bei ihm bleiben.

Die schwarzen Wolken sind in der Zwischenzeit näher gekommen. Kleine Hagelkörner fallen auf die Windschutzscheibe. Es knallt in kleinen scharfen Tönen. Sie werden lauter und schwerer. Dunkle Töne mischen sich unter die kleinen, scharfen, bis der ganze Lastwagen unter dem Naturkonzert zu zittern beginnt. Altannar bleibt stehen. Die Scheibenwischer rennen wie hysterische schwarze Vögel über die Scheibe. Dennoch, die vielen kleinen Kugeln können sie nicht vertreiben.

„Wir warten hier", beschließt Altannar und schaltet den Motor aus.

„Nein, wir warten nicht!", widerspricht Pujing. „Du weißt genau, dass du mich hergelockt hast und jetzt bin ich dir auf die Schliche gekommen. Ich möchte sofort in das nächste Dorf!" Nachdrücklich klopft sie auf ihre Nähmaschine. „Das bist du mir schuldig!"

„Gut!" Altannar startet erneut den Motor.

„Stampfen, Rauchen, Qualm und Beben", zählt Pujing laut mit und wartet bis der blaue Dunst verschwindet. Sie zieht ihre schwere Ledertasche vom Boden des Wagens, öffnet sie und holt einen warmen Wollumhang heraus. Es ist kalt geworden. Fröstelnd kuschelt sich Pujing in das dicke Tuch und wartet, bis der Lastwagen wieder startet. Die Sicht ist schlecht.

Altannar fährt los. Mehr aus dem Bauch heraus, als dass er mit seinen Augen den Weg erkennt. An der Grenze des Zentralaimak steht das kleine Dorf.

Pujing packt ihre Tasche, kämmt sich die Haare und wartet. Sie wartet auf Altannars Worte.

Schöne Worte sollten es sein.

Zuversichtliche.

Altannar schweigt.

Der Wagen fährt sehr langsam. Er lässt Pujing Zeit, den Ort genau zu betrachten. Viel ist nicht zu sehen. Rote, blaue und grüne Holzhäuschen stehen am Straßenrand. Die Farben der Häuser sind verblasst, Schlamm bedeckt die Wege zu den einzelnen Häusern. Zwei Hunde mit blinden Augen liegen auf der Straße. Der Hagel hat sie nicht vertreiben können.

Altannar hält an einem winzigen Laden. Ein Laden, der platt geklopfte Fleischkugeln verkauft. Vorsichtig öffnet Pujing die Türe und schwingt ihre Beine zur Seite.

„Halt!" Altannar packt Pujing an der Schulter, „Wenn du Hunger hast, dann kauf dir Brot, aber kein Fleisch."

Pujing schüttelt unwillig seine Hand von der Schulter.

„Ich weiß schon, was für mich gut ist!"

Ein lautes Quieken ertönt, ein, zwei, fünf, sieben Ferkel kommen hinter dem roten Haus hervor gerannt. Sie laufen so schnell, dass sie an der Hausecke übereinander fallen. Unter lautem Gequietsche lösen die Ferkel ihren Knoten aus borstigen, rosafarbenen Beinen und laufen eilig weiter.

„Schweine? Wieso gibt es hier Schweine?" Pujing kennt die Nahrungskette der Mongolen. Am Anfang steht der Hammel, am Ende das Kamel und irgendwo dazwischen das Rind und das Pferd, aber Schweine? Nein!

Altannar deutet auf das bunte Schild des Imbisses.

„Hier, das meine ich, dort hinten werden die Schweine geschlachtet und hier vorne bekommst du dein Essen. Wenn du Glück hast, dann war es in den letzten Tagen nicht zu heiß, denn Kühlschränke gibt es nicht."

„Ich habe auch keinen Kühlschrank", entgegnet Pujing schnippisch.

„Du schlachtest wohl auch nicht, oder?" Altannar gibt Pujing einen kleinen Stoß, so dass sie auf die Straße rutscht.

„Wen kann ich hier fragen?" Irgendwie fühlt sich Pujing nicht wohl. Noch immer ist der Himmel schwarz und kein anderes Fahrzeug in Sicht. Einige der Ferkel kommen neugierig näher. Mit ihren nassen Schnauzen beschnüffeln sie Pujings Schuhe.

„Such dir schon einmal eines aus", ruft Altannar aus dem Inneren des Wagens. „Ich würde das linke mit dem lustigen schwarzen Fleck am Ohr nehmen. Die anderen sehen ein wenig krank aus!"

Pujing zieht vorsichtig ihren linken Schuh unter den neugierigen Schweinenasen hervor. „Ich habe keinen Hunger!", ruft sie Altannar zu und hofft, dass er das Knurren ihres Magens nicht hört. Das Knurren ist so laut, als hätte ein riesiger, zotteliger Hütehund von ihr

Besitz ergriffen. „Zu dumm", denkt Pujing, „ich habe mir nur getrockneten Joghurt mitgenommen."

Aber Pujing kennt ihren knurrenden Mitbewohner. Immer dann, wenn sie ihn am wenigsten brauchen kann, springt er in ihren Bauch und macht einen Höllenlärm. Da hilft kein Klopfen auf den Bauch und kein Anhalten der Luft. Erst wenn der Hund gefüttert wird, ist Ruhe. Pujing nimmt ihre Tasche in die linke, die Nähmaschine in die rechte Hand und marschiert los. Sie dreht sich nicht nach Altannar um.

Sie kann sie spüren. Seine Blicke. Wie kleine spitze Pfeile bohren sie sich in ihren Rücken. Bloß nicht umdrehen.

„Vielleicht falle ich tot um", murmelt Pujing und konzentriert sich auf jeden Schritt. Unrat liegt auf der Straße. Die Schweine sind stehen geblieben, auch sie blicken Pujing nach. Die Schweineblicke im Rücken sind ihr lieber, als die von Altannar. Neugierige Blicke sind es, keine so vorwurfsvollen.

Altannar beobachtet Pujing. Er ist unschlüssig, ob er froh sein soll, weil sie eine Nervensäge ist, die ihn nun in Frieden lässt. Andererseits, er kennt die Gefahren hier draußen. Eine Frau, die alleine unterwegs ist, wird gerne zur Zielscheibe männlicher Begierde. Fröhlichkeit, Alkohol, noch mehr Fröhlichkeit, eine Jurte. Fröhlichkeit? Altannar überlegt.

Pujing stapft zornigen Schritts davon und scheint seine Blicke nicht zu spüren.

Das Dorf ist nicht groß.

Pujing ist am letzten Haus angekommen. Es regnet inzwischen. Pujing zieht den Wollumhang über den Kopf. Sie fühlt sich wie in einer Höhle. Spürt das Gefühl der Zuversicht. Pujing stellt sich unter ein Holzdach. Es ist morsch und hält den Regen nicht wirklich ab. Die Luft riecht nach frischem Gras und Kälte.

Pujing geht in die Hocke, stellt die Ledertasche und die Nähmaschine ab und blickt nun doch zurück.

Wie sie sich gedacht hat: Altannar hängt hinter der schmutzigen Scheibe seines lauten Ungetüms und starrt sie an.

„Ja, ja", ruft sie in seine Richtung, „sieh nur her, ich bleibe hier, du mongolischer Bauer, du hast ja keine Ahnung von Frauen!"

Sie weiß, dass Altannar sie nicht hören kann, sonst hätte sie auch nicht gerufen. Nur die beiden Hunde heben träge ihre Köpfe. Pujing öffnet ihre Ledertasche und sucht nach dem getrockneten Joghurt. Vorsichtig hebt sie ihre Stoffe zur Seite. Ganz unten in der Tasche wird sie fündig, Schon kann sie die harten, rechteckigen Schnitten finden. Sie zieht ein Stück heraus, beißt krachend eine Ecke ab. Lässt sie im Munde zergehen.

„So, du Monster in meinem Bauch, jetzt ist hoffentlich Frieden!"

Pujing klopft auf ihren Magen und blickt erneut zu Altannar. Sie kneift ihre Augen zusammen. Wo ist er? Im Wagen kann sie ihn nicht mehr erkennen. Egal. Pujing zieht einen der Stoffe hervor und faltet ihn auseinander. Ganz vorsichtig. Sie gibt acht, dass weder Regen noch Schmutz die dicke Seide verunreinigen.

Grün schillernd liegt der Stoff vor ihr. Pujing hält den Atem an. In der Dunkelheit ihrer Jurte konnten sich die Stoffe nicht so eindrucksvoll entfalten wie jetzt. In der Weite und dem Licht der Steppe. Die Seide und die sanft geschwungenen Hügel scheinen ineinander zu fließen.

„Das wird meine erste Geschichte", beschließt Pujing

und holt aus einer Seitentasche Nadel und Seidengarne. Ein leuchtendes Orange braucht sie, dann ein Rosa und schließlich das Grau. Sie spult ein langes Stück orangefarbenes Seidengarn von der Rolle, beißt den Faden ab und zieht ihn durch das Nadelöhr. Mit prüfendem Blick tastet Pujing ihre Umgebung ab. Links wie rechts ziehen die Fahrspuren durch die Steppe. So weit ihre Augen reichen. Mit schnellen Stichen bannt sie ihre neu gewonnenen Eindrücke auf die Seide. Ganz klein hat sich Pujing unter dem Vordach gemacht.

Sie ist glücklich.

Endlich kann sie mit dem Tagebuch ihrer Reise beginnen. Pujing achtet nur noch auf ihre Arbeit. Die roten Adern in der unendlichen Weite. Sie stickt unentwegt mit sicheren und schnellen Bewegungen ihrer Finger. Immer wieder lässt sie die Nadel sinken und hält den Stoff prüfend in das schwächer werdende Tageslicht. Altannar ist auf seinem Sitz nach unten gerutscht. Er ist müde.

„Du wirst wiederkommen, wenn dir kalt ist, oder die Angst wie ein böser Geist plötzlich von hinten an dich heranschleicht, Pujing!" Seine Augen fallen zu. Sein Kopf kippt auf den Sitz. Altannar ist eingeschlafen. Pujing hat ihn vergessen. So sehr nimmt sie ihre Arbeit gefangen. Mit feinen, kleinen Stichen hat sie bereits ein großes Stück der Pistenstrecke auf die Seide genäht.

Sie ist zufrieden.

Jetzt noch die dicken schweren Wolken, die ihre grauen Wasserbäuche über den blauen Himmel schieben. Pujing entscheidet sich für ein dunkles, fast schwarzes Grau. Unheimlich sollen sie auf den Betrachter wirken. Noch immer sitzt Pujing auf den Hacken ihrer Schuhe und stickt das düstere Firmament. Große bedrohliche Wolken sind es, die auf der grünen Seide für lange, lange Zeit festgehalten werden. Pujing spürt fast ihren Daumen und den Mittelfinger ihrer rechten Hand nicht mehr. Sie ist eine Gefangene ihrer Arbeit. Fertig ist sie jedoch noch lange nicht.

Das Rosa. Das Rosa ist die letzte Farbe für diesen Tag. So rosa wie die kleinen Ferkel. Auch sie werden Bild dieser Reise. Pujing stickt unter die grauen Wolken kleine rosa Punkte mit vier Beinen, einer lustigen Schnauze und einer geringelten Schnecke. Sie möchte mehr Ferkel sticken als Wolken, aber die Ehrlichkeit siegt. Für ein Ferkel gibt es fünf Wolken.

Pujing blickt von ihrem Holzdach zum Himmel empor. Schwarzes Garn müsste sie nehmen, wenn sie weiter nähen würde.

Nein.

So viel Dunkelheit verträgt ihr Stoff nicht.

Sie beschließt, ihre Garne, die Nadeln und den Stoff wieder einzupacken.

Mal sehen, was mit Altannar geschehen ist. Pujing steht auf und merkt, wie steif ihre Beine sind. Sie streckt das linke Bein, das rechte, beide Arme und knetet die fleißigen Finger. Immer wieder schaut sie in die Richtung des Lastwagens.

Kein Zeichen von Altannar.

In der Zwischenzeit ist es dunkel geworden. Ein kühler Wind fegt durch das kleine Straßendorf. Die Ferkel sind schon vor langer Zeit um das Hauseck verschwunden. Keine Menschenseele ist zu sehen. Die Häuser liegen im Dunklen. Wie der Lastwagen von Altannar. Fröstelnd hebt Pujing ihre Schultern, greift zu ihrer Ledertasche und der Nähmaschine.

„Altannar!", ruft sie. „Bist du da?" Pujing hat plötzlich das Gefühl, als würde ihr jemand mit kaltem Atem in den Nacken pusten. Es ist unheimlich. Eine Geisterstadt. Pujing erschrickt.

Soeben öffnet sich bei einem der kleinen, bunten Holzhäuser eine Türe. Ein Lichtstrahl fällt auf die lehmige Straße, aber so schnell wie er kam, ist er auch wieder fort. Ein mulmiges Gefühl beschleicht Pujing jetzt doch. Wahrscheinlich war das nur jemand, der mal schnell nach dem Wetter gesehen hat. Was sonst! Pujing geht nun schneller. Sie ist erstaunt, dass sie sich so weit von Altannar entfernt hat. Noch wenige Schritte bis sie den Wagen erreicht.

Altannar ist wach. Er hat Pujing schon beobachtet, als sie ihre müden Glieder streckte. Was sie in ihrer Hockstellung gemacht hat, das konnte er nicht feststellen. Es ist ihm nicht wichtig.

„Du komische Chinesin", murmelt er, „ich hätte nicht gedacht, dass du so lange im Regen durchhältst!" Er lehnt sich zur Beifahrerseite und öffnet ihr die Türe. „Los, steig ein, wir müssen weiter!"

Pujing ist froh, ihn zu sehen, aber dann gesellt sich ein zweites Gefühl dazu. Zorn. „Hättest du mir nicht mit deinem Licht den Weg leuchten können? Aber nein, der liebe Altannar sieht lieber zu, wenn hilflose Mädchen schwer bepackt durch das Niergendwo stolpern!" Altannars Geduld bewegt sich langsam Richtung Erschöpfung. „Der liebe Altannar ist so dumm und wartet auch noch auf seine verrückte Begleiterin, anstatt zu fahren! Und jetzt steig ein, sonst kannst du hier mit den Ferkeln um die Häuser laufen!"

Pujing ist still. Sehr still. Insgeheim muss sie ihm Recht geben. Sie wirft ihre Ledertasche und die Nähmaschine auf den Sitz. Zugeben wird sie sie nicht. Ihre Dankbarkeit. Pujing greift nach dem Türgriff und zieht sich in den Wagen. Dann beginnt es wieder, das nun schon vertraute Rumpeln und Quietschen, Wackeln und Dröhnen.

Pujing lehnt sich auf ihrem Polster zurück und schließt die Augen. Sie ist so müde. Sie möchte Altannar fragen, wo er nun hinfährt, aber es kostet zu viel Anstrengung den Mund zu öffnen, Lippen und Zunge zu bewegen. Auch wenn er sich ungehobelt benimmt, Pujing vertraut ihm und seinen Entscheidungen. Altannar ist zurück auf der geflickten Straße. Bis Karakorum ist es nicht mehr weit. Die Dunkelheit hingegen ist ein unguter Geist. Der Weg zu seiner Jurte wird sich schlecht finden lassen. Bei Tageslicht ist es nicht schwer, aber in der Nacht möchte er nicht das unwegsame Gebiet durchfahren. Da, wo vor einer Woche noch eine Straße war, kann jetzt nur noch eine ausgewaschene Erdspalte sein.

Er möchte mit Pujing sprechen.

Ihr erklären, dass die Fahrt für diesen Tag beendet wird, aber sie liegt ruhig auf dem Sitz, so dass er lieber schweigt. Altannar hat Angst. Angst, dass sie wieder ihre Stimme erhebt und böse Worte auf ihn wirft. Worte, die ihn schwer treffen und schwach machen. Ein mongolischer Mann darf jedoch nicht geschwächt durch die weite Steppe fahren. Zu viele Gefahren verbirgt dieses große Land. So bleiben die Worte in ihm stecken. Sammeln sich für eine andere Stunde. Eine Stunde, in der dann all diese Worte und noch viele mehr herausplatzen.

Um sich schlagen.

Verletzen.

Auch Altannar ist ein Wortesammler und Worte-in-
die-Luft-Schleuderer.

Auf dem Weg nach Hause gibt es die großen Sanddü-
nen. Bis dorthin möchte er fahren. Altannar kennt diese
Stelle gut. Schon oft hat sie ihm als nächtlicher Schlafplatz gedient. Es ist windgeschützt und auch Wölfe
bewegen sich eher auf den Weideflächen der Tiere.
Vorsichtig lenkt er den Lastwagen zurück auf die
Sandpiste. Inzwischen ist es dunkel geworden. Wie ein
schwarzes Tuch mit glitzernden Steinen hat sich die
Nacht mit ihren Sternen auf das Land gelegt. Altannar
liebt diese Momente der Stille und der Dunkelheit. Er
drosselt das Tempo und hält am Fuße der Düne.
Erst als er den Motor abstellt, kommt Pujing langsam
wieder zu sich. Sie bemerkt Altannars Blick. Irgendwie
sonderbar. Dieser Blick. So abwartend, so ängstlich,
auch ein bisschen lauernd.
„Pujing", beginnt Altannar ganz vorsichtig. Er fühlt
sich wie ein Wanderer vor einem fremden Jurtenhund,
und das will wahrlich etwas heißen. „Wir rasten hier
bis morgen und dann geht es weiter. Du kannst im
Wagen schlafen, ich bleibe draußen."
„Ist gut." Pujing hat keine Lust zu streiten. Nur Hunger! „Hast du etwas zu Essen?"
Altannar atmet auf.
Kein Geschreie, kein Heulen, nichts.
Er greift zurück auf die Ladefläche nach seinem Rucksack. „Ich habe getrockneten Fisch von den Kasachen
und lauwarmen Tee. Das muss reichen."
„Gut, ganz wunderbar", freut sich Pujing. Sie hat nicht
erwartet, heute noch etwas anderes als ihren getrockneten und harten Aaruul zu essen.

Es wird kalt im Wagen. Altannar reicht Pujing eine warme Decke. Dankbar nimmt sie die an. Der Tee und der Fisch wärmen sie ein wenig.

Pujing hat plötzlich das Gefühl, auch ihre Seele satt und warm bekommen zu können. Endlich.

Altannar und Pujing schweigen. Sie haben gelernt zu streiten. Nicht aber zu sprechen. Schweigen ist Waffenstillstand.

„Sag mal Altannar", Pujing gibt ihm die Warmhaltekanne mit den großen, grünen Blumen wieder zurück, „wie willst du da draußen schlafen? Es ist doch kalt!"

Altannar zieht den Ärmel seines Pullovers nach vorne über die rechte Hand, dann reibt er mit dem losen Stück Stoff die beiden Tassen aus und steckt sie zurück in seinen Rucksack. Mit dem leer gegessenen Teller verfährt er ebenso.

Pujing wirft einen schnellen Blick auf den nun nassen und schmutzigen Ärmel. So gerne würde sie eine bissige Bemerkung machen, aber sie ahnt, dass er der Mensch ist, der auch sie gerne wäre.

„Kälte ist nicht schlimm, ich habe genug Decken."

Altannar zieht unter dem Fahrersitz eine Schafwollmatte hervor. „Da, die hält warm und jetzt lass ich dich alleine. Mögen dich die Geister des Himmels und des Weges beschützen."

Er öffnet die Türe. Kalte Luft weht in das Wageninnere. Als hätte auch die kalte Luft vor der Türe gewartet, um dann schnell in einem günstigen Moment ins Warme zu springen.

Pujing sieht ihm nach. Sie dreht ihren Kopf nach links und versucht in den Rückspiegel zu blicken. Der Spiegel hat einen Sprung. Altannar hat das Aussehen eines doppelten Altannars. Wo Doppel-Altannar nun hingeht, das ist nicht zu erkennen. Pujing rutscht auf ihrem Sitz hin und her. Sie ist hellwach und muss außerdem ‚nach den Pferden sehen'.

Aber wo?

Sie hat keine Lust auszusteigen. Lieber die Beine übereinander schlagen und an den nächsten Tag denken. Pujing legt sich der Länge nach auf den Vordersitz. Der Bezug riecht nach Hammel. Nicht daran denken, sonst wacht der große, hungrige Hund in ihrem Bauch noch auf.

Pujing träumt. Sie träumt von Schaffleisch in der Milchkanne gegart. Von weichem Schaffleisch zwischen Flusskieseln. Langsam wacht es auf. Das Ungetüm. Hunger ist sein Name. Pujing hat keine Lust mehr, weiter zu reisen. Selbst die glücklichen Momente vom Nachmittag sind jetzt vergessen.

Sie blickt durch das Fenster zum Himmel. Schwarz, schwarz, schwarz und winzige, leuchtende Punkte. Es gefällt ihr, was sie sieht. Pujing versucht, am Himmel die Sternbilder auszumachen, dabei bemerkt sie nicht, wie es im Wagen immer kälter wird. Erst als ihre Beine anfangen zu zittern, spürt sie die Kälte. Wie Schlangen, die an den Beinen nach oben kriechen, so schiebt sich die Kälte über Pujing. Die Decken reichen nicht aus. Pujing setzt sich auf. Leise öffnet sie die Türe. Mal sehn, wo Altannar abgeblieben ist. Sie bleibt eine Weile sitzen. So lange, bis sich ihre Augen an die Dunkelheit gewöhnt haben.

Jetzt kann sie Vieles erkennen. Immer klarer und greifbarer taucht ihre Umgebung auf. Wie von Zauberhand steht sie da. Die riesige Düne. Pujing steigt aus und geht darauf zu. Auf das Gebilde aus Sand. Hoch ist sie, die Düne. Und warm. Pujing taucht ihre Hände in den feinen Sand und gräbt. Die Wärme des vergangenen Tages, noch immer ist sie zu spüren. Vergessen sind Altannar und Fleisch in Milchkannen.

Pujing zieht ihre Schuhe und Strümpfe aus. Wie gut sich das anfühlt. Sie bohrt ihre Zehen tief in den Sand, zieht den Fuß zurück und genießt das Rieseln der Körner auf ihren Füßen. Wie das Land wohl von ganz oben aussieht? Pujing blickt zum Lastwagen zurück. Alles dunkel und kein Altannar zu sehen.

Die Düne liegt wie ein riesiger, gestrandeter Wal auf der Erde. Pujing kennt keine Wale. Das Land liegt nicht am Meer, aber genau so wird er wohl aussehen. Sie beginnt, auf die Düne zu klettern. Schritt für Schritt kämpft sie sich nach oben. Es dauert, bis Pujing am Kamm angekommen ist. Nach Atem ringend steht sie am höchsten Punkt des Sandgebildes. Ein milchigblaues Licht überzieht die unendlich wirkende Steppenlandschaft.

Es gibt noch weitere Dünen. Kleinere. Weit, weit weg erkennt sie an den kleinen weiß strahlenden Punkten eine Jurtensiedlung. Es gibt doch Menschen hier draußen! Pujing ist beruhigt. In den letzten Stunden hatte sie manchmal das eigenartige Gefühl, der letzte Mensch auf der ganzen Erde zu sein. Alle anderen weg. Nur sie hier.

Und Altannar. Vergessen, übersehen, ungeliebt. Pujing erschrickt. Dort. Ganz unten eine Bewegung. Etwas das im Kreis geht. Sie macht ihre Augen ganz schmal um besser sehen zu können. Aha, es ist Altannar. Aber was macht er da?

Pujing lässt noch einmal ihren Blick über die Weite ziehen, dann macht sie sich an den Abstieg. Einfach ist das nicht. Sie legt sich auf den Rücken und rutscht nach unten. Die Sandkörner sind jetzt überall. Es kitzelt. Pujing lacht. Dieses Gefühl ist neu. Sie mag dieses Gefühl. Pujing lacht und kichert noch immer, als sie bereits am Fuß der Düne ankommt.

Sie stößt mit Altannars schweren Lederstiefeln zusammen. Unnachgiebig und hart. Zwei Säulen, die Pujings Vergnügen abrupt beenden. Sofort schließt sich ihr Mund. Nur nicht Lachen. Nur kein Spaß.

„Pujing, du bist nicht nur verrückt, sondern auch leichtsinnig!", schimpft Altannar. „Ich wollte dir noch eine warme Decke bringen. Und was sehe ich? Die Türe offen und du bist weg. Es ist dunkel, es gibt hier Wölfe und die Düne ist nicht ungefährlich. Am liebsten möchte ich dich wieder zurück bringen." Das war für Altannars Verhältnisse ein sehr langer Satz.

Pujing verteidigt sich: „Mir war kalt, du warst weg und ich dachte, von dort oben sehe ich alles. Selbst dich."

Altannar schüttelt den Kopf. „Dann hättest du auch rufen können. Oder öffnest du deinen Mund nur, um zu schimpfen, zu essen und zu schnarchen?"

Pujing ist traurig. Gerade eben war sie so glücklich. All die unangenehmen Dinge erschienen von dort oben so klein und nichtig. Aber kaum hatte sie wieder den Boden erreicht. Angekommen zu Altannars Füßen, so war das schöne Gefühl schon wieder wie eine Blase geplatzt. Pujing steht auf, klopft sich den Sand aus den Haaren und reibt ihre nackten Füße.

„Hier, deine Schuhe und Strümpfe!" Altannar reicht ihr die fehlenden Kleidungsstücke, dabei blinkt es in seiner linken Hand.

„Was machst du?" Pujing kennt das Leuchten. Wie oft ist sie auf dem Markt an all den laut klingelnden, handflächengroßen Geräten vorüber gegangen.

Altannar blickt in seine Hand. „Ich habe Enchtyyl, das ist meine Schwester, Bescheid gegeben, dass wir morgen nicht lange nach Sonnenaufgang zurück sein werden."

Pujing versteht nicht, dass ein so traditioneller Nomade wie Altannar, dieses laute, unsympathische Gerät besitzt. Sie kennt niemanden, der so etwas hat. Nicht einmal die liebe Tante Wang.

„Wieso", Pujing deutet auf seine Hand, „hast du solch ein Gerät?"

Altannar steckt den kleinen Kasten in die Tasche seines Deels. „Seitdem ich solch ein Handtelefon besitze, weiß ich, wann wo welcher Tiermarkt abgehalten wird. Bekomme die Information über Unwetter und kann mit meinem Sohn, der in der Stadt zur Schule geht, in Kontakt bleiben." Altannar hat für diesen Tag nun wahrlich genug gesprochen. Er reicht Pujing seine andere Hand und zieht sie mit sich. Nach einigen Schritten lässt er ihre Hand los. Soll sie doch alleine durch die Dunkelheit gehen.

Pujing stört die Dunkelheit nicht. Sie kann genug erkennen. Und was Altannar betrifft, mehr möchte sie nicht von ihm sehen.

Der nächste Tag hält Einzug. Er hat viel Wind und wenig Sonne mitgebracht. Pujing fröstelt in ihrem Wollumhang, frierend hält sie das dicke, braune Tuch an ihrem Hals fest. Sie beobachtet Altannar.

„Pujing, hilf mir doch und steh nicht herum!"

Altannar zieht die Gurte an der Ladefläche des Lastwagens fest. Der Wind hat die Plane gelockert und Altannar befürchtet, einen Teil der Ladung zu verlieren.

Pujing seufzt und geht auf die andere Seite des Lastwagens. „Hier bin ich, soll ich mitziehen?" „Nein!" Altannar schüttelt den Kopf, was Pujing allerdings nicht sehen kann. „Komm zu mir, dann ziehen wir gemeinsam."

„Ja, ja, komme schon." Pujing hat keine Lust, nur irgend etwas zu tun. Ihre Nacht im Lastwagen war nicht angenehm verlaufen. Erst war es die Kälte, die sie am Schlafen gehindert hat und dann, als sie sich halbwegs warm gezittert hatte, war es das Dröhnen des Windes. Kein Wunder, dass sie nun missmutig ist. Altannar wartet schon auf sie. Er ist ungeduldig.

„Wieso dauert es so ewig, bis du um den Wagen schlurfst, und was soll das Gesicht?" Altannar weiß, dass Pujing launisch und fast bösartig sein kann, aber schon morgens dieses griesgrämig Gesicht. Nein. Das versteht er nicht.

Pujing sieht ihn kurz an, dann greift sie nach dem Gurt. Zu zweit ziehen sie kräftig, und die Plane hält nun still. „Du hast Kraft!", stellt Altannar fest und mustert Pujing. Ein kurzer Blick, dann dreht sie sich um und geht zurück zur Beifahrerseite, öffnet die Türe und klettert in den Wagen. Sie wartet. Wartet und versteht sich selbst nicht mehr.

Als Pujing noch in ihrer Jurte lebte, alleine ihr Leben zu gestalten hatte, da war sie meist bester Laune gewesen. Sie hatte ihren Spaß mit Familie Gu Da und Mutter Xing mit Mann und Kindern. Was hat sie mit Mondrose gelacht, mit Nachbarn Jocho ihren Spaß gehabt und selbst die Stunden mit Tante Wang hatten nicht halb so sehr an ihrem Gemüt gezehrt. Viel Zeit zum Grübeln bleibt Pujing nicht.

Altannar ist reisefertig.

Er drückt Pujing ein Stück Brot in die Hand. „Mehr

haben wir leider nicht", bedauert er, „aber du wirst sehen, meine Schwester Enchtyyl wird uns bald willkommen heißen."

Pujing lächelt ihn an. Sie ist froh.

Froh, dass er mit ihr teilt. Vielleicht sieht so der Übergang in das neue Leben der Pujing aus. Dieser Gedanke geht durch ihren Kopf. Sie beißt ein Stückchen ab, kaut und schluckt es hinunter. Der Gedanke gefällt ihr. Er wäre zumindest eine Erklärung für ihr Verhalten.

Vor vielen Jahren hat Pujing die alte Haut einer Schlange gefunden. Die Schlange war allerdings in ihrer neuen Haut schon lange davon gekrochen.

Pujing fühlt sich auch wie eine Schlange. Eine, die ihr altes Leben abgelegt hat. Das neue Leben aber noch nicht richtig sitzt. Es zwickt und kneift. Sie wird sich daran gewöhnen.

Sicher lenkt Altannar den schweren, großen Wagen durch die unwegsame Steppe. Manchmal gibt es einen schmalen Weg, meist geht es über kurzes Gras, Steine und Sand. Wasserstellen durchquert er zügig. Er amüsiert sich über Pujing.

Pujing hat Angst.

Sie hält sich bei jeder Wasserstelle die Augen zu und vergisst zu atmen. Altannar hat ihr Angst gemacht.

„Wenn das Wasser reinkommt, dann müssen wir beide Türen öffnen und du schwimmst hinaus. Ich muss dann sehen, dass der Motor nicht abstirbt."

Pujing kann nicht schwimmen. Wie auch. Es war nie notwendig. Soll sie Altannar beichten, dass sie wie ein Stein untergehen wird, ob mit oder ohne geöffnete Türen? Nein, so weit wird es hoffentlich nicht kommen.

Und sie haben Glück.

Selbst die Brücke mit den verfaulten Holzbohlen hat

gehalten. Pujing ist aufgeregt. Sie wird Altannars Familie kennen lernen. Noch hat er kein Wort über seine Schwester und die Kinder verloren. Vorsichtig, ganz vorsichtig schleichen sich Pujings Worte an ihn heran.
„Wohnt deine Schwester immer schon bei dir?"
Altannar dreht seinen Kopf schnell in ihre Richtung. Er möchte eine unwirsche Antwort geben, aber Pujing sieht ihm erwartungsvoll in die Augen. Es ist nur eine Frage, sagt er sich, bevor er die Worte für die Antwort zurecht legt.
„Enchtyyl ist nur jetzt bei uns in der Jurte. Sie kümmert sich um die Stuten, die Fohlen und die Kinder. Mein Sohn ist sonst in der Schule, aber jetzt muss er zu Hause helfen. Wenn ich fort bin, ist jede Hand, die zupackt, lebensnotwendig."
Pujing ist mit dieser Antwort nicht zufrieden. Gerne hätte sie mehr über die Familie erfahren. Sie blickt durch das Fenster. In der Ferne taucht eine Jurte auf. Pferde stehen dicht gedrängt auf dem kurzen Gras. Sie weiden Kopf an Schweif, um sich gegenseitig die lästigen Fliegen vom Hals zu jagen. Pujing kann sie nicht zählen. Es sind viel zu viele. Braune Pferde, gescheckte, helle und dunkle.
„Wem gehören die?" Pujing sieht niemanden, der auf die Tiere aufpasst.
„Das sind die meiner Familie!" Stolz schwingt in Altannars Worten.
„Alle?" Pujing hält ihre rechte Hand über die Augen und lässt ihren Blick über die Steppe gleiten. So weit sie sehen kann, Pferde, Pferde, Pferde.
„Alle", nickt Altannar.
„Was machst du mit so vielen Pferden?" Pujing kann nicht glauben, dass jemand so viele Tiere besitzt.

Altannar fährt langsamer. So langsam, dass er fast
steht. Immer wenn er nach Hause zurück kehrt, freut
er sich auf diesen Moment. Seine Herde, über 1.000
Stück zählt sie.

Altannar ist ein reicher Mann. Er züchtet Pferde.
Pferde, schneller als der Wind, die Hufe härter als der
Stein des Altaigebirges, der Schweiß salziger als all die
Tränen der Welt und der Blick stolzer als der des ma-
jestätischen Adlers. Das sind seine Pferde. Die Sieger
eines jeden Naadams.

Altannar bleibt stehen. „Kommst du mit?"
Pujing nickt. Gemeinsam klettern sie aus dem Wagen.
Pujing atmet tief ein. Es riecht würzig und frisch. Noch
nie hat sie so etwas gerochen. Sie atmet tief. Konser-
vieren eines neuen Geruches. Gespeichert und bereits
jetzt Erinnerung.

Pujing folgt Altannar, der schon einige Schritte vor ihr
geht. Er schlängelt sich zwischen den Pferden hindurch. Berührt hier einen Hals, dort eine Flanke. Bleibt
stehen. Spricht. Wie mit einem guten Freund. Begrüßt
eines, geht wieder weiter. Streichelt einen Bauch, sieht
in die großen, dunklen Augen.

Pujing beobachtet ihn. Altannar zeigt sich für sie von
einer Seite, die sie nicht kennt. Noch nicht kennt. Sie
glaubt, diese Seite zu mögen. Ruhig und besonnen ist
er. Er, der Mann, der Fahrer, Weggefährte und Seelen-
schüttler.

„Komm zu mir Pujing!" Altannar steht nun bei einer
hellbraunen Stute und winkt. „Ich möchte dir etwas
zeigen!"

Pujing wischt sich mit den Händen über ihr rundes Gesicht. Noch immer ist sie müde, aber auch neugierig.
Sie zieht sich ihren braunen Wollumhang bis über die

Haare und geht vorsichtig zwischen den vielen Pferden hindurch. Manch eines betrachtet kurz die junge Frau, dann aber ist das Fressen des kurzen Steppengrases wichtiger. Die Tiere verströmen Wärme und den Geruch nach Freiheit. Langsam ist die Bewegung der Pferde, aber auch die von Pujing.

„Hast du Angst?" Altannar kneift seine Augen zusammen und blickt prüfend auf Pujing.

„Nein!" Sie schüttelt ihren Kopf und versucht der Strenge Altannars auszuweichen.

Dieser Blick.

Wie Messer, die in ihr weiches Fleisch stechen. In diesem Moment wünscht sie sich, sein Pferd zu sein. Pujing erschrickt. Welch ein dummer Gedanke. Was kümmern sie die Gefühle Altannars? Gerade greift er nach Pujings Hand und zieht sie näher an die Stute heran.

„Gut, wenn du keine Angst hast. Wir leben hier von den Pferden und so wirst auch du hier mit ihnen leben müssen. So lange jedenfalls, bis du mit deinem Nähkram weiter ziehst."

Pujing spürt die Kühle seiner glatten Haut. Es ist angenehm. Ziemlich angenehm. Sogleich zieht sie ihre Hand aus seiner und betrachtet die Stute genauer. Es ist ein schönes Tier. Das Fell braun glänzend. Die Mähne nachtschwarz und lang. Aber etwas stört die Schönheit des Pferdes.

„Die Narben an Hals und Bauch, woher stammen die?" Pujing möchte über die wulstigen, gezackten Erhebungen streicheln. Ihr Mut dazu ist jedoch zu klein. Altannar berührt diese Stellen. Die Stute stört sich nicht daran.

„Das waren Wölfe. Sie kamen im letzten Winter aus

den Bergen und haben meine Herde angegriffen. Sie hier wollte ihr Fohlen verteidigen und hätte fast mit ihrem Leben bezahlen müssen."

„Was geschah mit ihrem Fohlen?" Pujing berührt nun doch vorsichtig den Hals des Pferdes. Ein gutes Gefühl.

„Das Fohlen wurde gerissen." Altannar zuckt mit den Schultern. „Du musst wissen, von sechs Jungtieren holen im Winter vier die bittere Kälte und die hungrigen Wölfe. Die zwei, die übrig bleiben, werden im nächsten Frühling stark und schnell."

Pujing weiß nicht, wer grausamer ist: Altannar in seiner scheinbaren Gleichgültigkeit, oder die Wölfe in ihrer natürlichen Gnadenlosigkeit.

„Jagst du die Wölfe?" Pujing kann sich Altannar gut als den unerbittlichen Jäger vorstellen.

„Ja, ich jage, stelle Fallen und gerbe dann das Fell für Mützen, Schuhe und Decken, aber nun genug geredet, wir müssen weiter."

Pujing bleibt stehen. Ganz dicht bei der Stute. Noch einmal streicht sie über das weiche, warme Fell. Die Wärme des Morgens, gefangen in den Haaren des Tieres.

„Wieso bist du so ohne Gefühl?", bricht sie das Schweigen. „Jagen, töten, gerben, Mützchen für die Kleinen, Decken für die Großmutter!"

Altannar erschrickt. Die Wut schlängelt sich in ihm hoch. Sie brennt im Bauch, in der Brust und zieht sich wie ein Feuermal über das ganze Gesicht. Worte. Feuerworte. Gefährlich und vernichtend brennen sie in seinem Hals.

Er schluckt.

Einmal. Zweimal.

Es wird kühler in seinem Inneren. Selbst die Zunge möchte keine flammenden Worte herausspucken. Altannar holt tief Luft.

„Pujing, sprich nicht von Dingen, die du nicht verstehst. Nähe du deine Deckchen und Mützchen und lass mir meine Angelegenheit mit den Wölfen."

„Ha, Angelegenheit!" Pujing zerrt ihren Wollumhang vom Kopf. Wenn sie mit ihm spricht, dann soll er auch ihren ganzen Zorn sehen. „Habt ihr ein Geschäft? Du und dein Wolf, entschuldige, dein toter Wolf?" Fast mitleidig blickt Altannar auf Pujing. Er geht die Schritte zurück. Groß, sehnig und ein wenig amüsiert steht er vor ihr.

„Sicher haben wir eine, wie soll ich sagen, Abmachung, genau. Das Rudel holt sich immer wieder unsere Huftiere und ich hole dafür immer wieder einen Wolf. Das ist wohl gerecht, oder?"

Pujing zupft und zieht an ihren Haaren. Es will ihr keine Entgegnung einfallen. Eilig stöbert sie in ihrem Kopf nach treffenden Wörtern, zielgerichteten Sätzen. Nichts.

Gar nichts.

Nette Wörter gäbe es da.

Warme, sanfte Sätze, aber die will Pujing nicht nehmen. Auf keinen Fall. Lieber die Lippen geschlossen halten und alles hinunterschlucken. Das bläht ein wenig das Herz, aber Pujing wird ihre sichere Seite nicht verlassen. Noch ein letztes Mal streift sie über das Fell der Stute. Das Pferd stupst sie zur Seite.

„Ich geh ja schon, meine Schöne." Pujing nimmt das orange Seidentuch, das sie um die Taille gebunden hatte und wickelt es um die Haare. Sie möchte nicht wie ein wilder Wegegeist vor Altannars Familie treten.

Obwohl. Sie stapft hinter Altannar zurück zum Wagen.
„Bevor mich die alle richtig zur Kenntnis nehmen, bin
ich wieder weg!"

Die letzten Kilometer zu Altannars Jurte machen ein
komisches Gefühl in Pujings Bauch. Fast so, als hätte
sie zu viel Russenwodka getrunken. Ihr ist schlecht.
Der Kopf schmerzt. Schwindel benebelt ihren Geist.
Pujing seufzt. Da entdeckt sie einen weißen Punkt
inmitten der endlosen Steppe.

„Altannar, sieh nur, da vorne!"

Altannar hat bereits seine Jurte erkannt. Er freut sich
auf zuhause. Er greift neben sich. Berührt kurz Pujings
Wange. „Gleich lernst du alle kennen."

Zweifel überkommen Pujing. Sie wollte diese Reise.
Vor einer halben Stunde noch, aber nicht jetzt.
Vielleicht später.

Oder Morgen?

Inzwischen können Altannar und Pujing neben dem
großen, weißen Punkt viele kleine, bunte Punkte erkennen. Der weiße Punkt bewegt sich nicht. Die Bunten
allerdings schon. Je näher Altannar mit dem Lastwagen auf die hüpfenden Punkte zufährt, umso schneller
bewegen sich diese.

Aus der Ferne bilden die Jurte, die Menschen und die
Tiere eine untrennbare Einheit. Jetzt jedoch lebt alles
für sich alleine. Da lange Haare, ein kleines, rotes
Gesicht. Hier eine Frau im grünen Deel mit einem Topf
vor der Brust. Und dort ein Hütehund neben einem
großgewachsenen Jungen.

Altannars Familie.

Pujing und Altannar haben das Ail erreicht. Altannar
schaltet den Motor ab. Für einen winzigen Moment
ist Stille in dem großen Wagen. Pujing blickt Altannar

kurz in die Augen. Er zwinkert. Pujing atmet tief ein.
Die Familie. Nun gut.

Enchtyyl. Seine Schwester. Sie hat den Topf irgendwo
abgestellt und steht nun an der Türe der Fahrerseite.
„Altannar, komm heraus, lass dich seh'n!" Sie rüttelt
an der Türe, klopft an das Fenster. Pujing beobachtet
argwöhnisch das Verhalten der anderen. Sie kennt nur
eine, die auch so vehement um das Fahrzeug springen
würde: Tante Wang.

Die Frau hier jedoch wirkt fast gefährlich. Jetzt klopft
Enchtyyl an die Scheibe. Was heißt klopfen! Sie häm-
mert mit beiden Fäusten an das Glas. Lacht und ruft
und drückt ihr Gesicht an die schmutzige Scheibe. Altannar zeigt wenig Regung. Er nickt seiner Schwester
zu und sucht im Wageninneren nach seinen Papieren.
Pujing wundert sich.

„Warum gehst du nicht nach draußen und begrüßt
alle?"

„Gleich, gleich", murmelt er und klemmt seine Brille
an die Sonnenblende. „Wenn wir jetzt aussteigen, dann
bleibt die nächsten Tage keine Zeit, hier noch für ein
wenig Ordnung zu sorgen."

Pujing versteht nicht, warum später keine Zeit für ein
paar lächerliche Handgriffe sein sollte, aber wenn Altannar meint, dass sei so, nun gut. Inzwischen sind auch
die Kinder an den Wagen herangekommen. Beide stehen schüchtern neben Enchtyyl und beobachten ihren
Vater. Altannar öffnet die Fahrertüre. Mit einem lauten
Jubelschrei fällt Enchtyyl in das Wageninnere.

„Ha, du Verrückter! Was warst du wieder lange fort
von uns!" Sie wirft ihre Arme um Altannar und drückt
ihn fest an ihren Busen.

„Enchtyyl, willst du mir die Luft zum Atmen nehmen?" Altannar lacht und schiebt sie vorsichtig von sich.

Jetzt hat er zwei Frauen. Und beide nehmen ihm die Luft zum Atmen. Jede auf ihre Weise. Erst jetzt beachtet Enchtyyl die andere.

„Wer ist das Altannar? Ein Hütemädchen?" Das kleine Mädchen ist inzwischen auch in den Wagen geklettert und sitzt auf Altannars Schoß. Ihre Augen sind schwarz. Sie schimmern wie fein polierte Flußkiesel. Diese Augen blicken auch auf Pujing. Neugierig. Nicht argwöhnisch wie die von Enchtyyl.

„Altannar, hast du unterwegs deine Sprache verloren, weil diese Frau dir schlimme Geister geschickt hat?" Enchtyyl ist ungeduldig. Seit Wochen wartet sie schon auf Altannar und nun das: Eine Frau, die hier keiner brauchen kann. Am allerwenigsten Altannar.

„Erst möchte ich meinen Sohn und meine Tochter begrüßen. Dann ist Zeit, Enchtyyl, dir die Antworten auf deine Fragen zu geben. Aber nicht jetzt." Altannar steigt mit dem kleinen Mädchen auf dem Arm vorsichtig aus dem Lastwagen. Draußen kniet er vor seinen Sohn nieder und nimmt auch ihn in die Arme.

Pujing beobachtet die kleine Familie. Sie spürt die Blicke Enchtyyls. Unangenehme Blicke. Wie scharfe Krallen, so spitz. Pujing überkommt das Gefühl, auseinander gerissen zu werden. Mit einem Schlag in zwei Teile zerlegt. Ein blutiges Stück Fleisch. Mehr wird von ihr nicht übrig bleiben.

Pujing öffnet ihre Türe.

Sie steigt aus dem Wagen und geht, ohne Enchtyyl auch nur den Hauch einer Beachtung zu schenken, zu Altannar. Es wird sich zeigen, wer seine Krallen besser geschliffen hat.

„Wer seid ihr?" Pujing hockt sich auf den Boden, schlägt ihren Deel über die Beine und zupft das kleine Mädchen an den langen Zöpfen. Das Mädchen dreht sich zur Seite und greift nach Enchtyyls Hand.

„Die Kinder haben Angst, wenn plötzlich Fremde einfallen, Unruhe stiften und dann wieder davon rauschen!" Enchtyyl hat eine lange, hagere Gestalt. Ihre Wangenknochen wie zu scharf geschnittene Kanten im schmalen Gesicht. Die Haare streng nach hinten gebunden. Der glänzende Zopf liegt schwer auf Enchtyyls Rücken. Dick und schwarz. Er gleicht der giftigen Otter, deren Biss nicht tödlich, aber schmerzhaft ist.

Pujing kann Enchtyyls Blick aushalten. Es hat in ihrem Leben schon viele Blicke gegeben. Solche, die Wärme brachten und Pujing in einen Mantel aus Wohlgefühl steckten. Aber auch die anderen. Die Hässlichen. Die Gemeinen. Eben die, die einen frieren lassen. Pujing überkommt auch jetzt das Gefühl von Frost auf ihrer Haut. Dieser Frost lässt sich durch nichts vertreiben. Kein Schließen der Augen kann ihn verscheuchen, kein Weglaufen verjagen. Der Frost des Blicks wandert im Kopf derer, die getroffen sind und lässt sich nicht überlisten.

Pujing klopft dem knienden Altannar auf die Schulter. Insgeheim gibt sie ihm die Schuld für den unguten Empfang. Aber, es ist eben Altannar.

„Willst du mir nicht sagen, wie deine Kinder heißen?" Altannar streichelt seinem Sohn über den Kopf.

„Das ist Zorigt. Meine Tochter heißt Alimaa. Und hier ist Enchtyyl, von der ich dir erzählt habe."

Altannars Schwester kommt näher. So nah, dass sie fast auf Pujings Füßen zu stehen kommt. Enchtyyl öffnet ihren Mund, schnalzt mit der Zunge und beginnt mit ihren langen dünnen Fingern an ihren Lippen zu zupfen.

Pujing starrt fasziniert in Enchtyyls geöffneten Mund. Die vielen kleinen Zähne sehen aus wie Bohnen. Gelbe, gekrümmte Bohnen mit Rillen. Pujing schüttelt sich. Sie kann sich nicht vorstellen, dass ein Mann Lust haben sollte, seine Zunge zwischen diese gammeligen Bohnen zu stecken. Peinlichkeit und auch Scham verspürt Pujing bei diesen Gedanken.

Sie hat Angst, dass Enchtyyl sie lesen könnte. Zuzutrauen wäre es ihr.

Altannar spürt sehr wohl, dass zwischen den beiden Frauen kein guter Geist vermittelt. Aber er ist Pferdezüchter, Wolfsjäger und Familienoberhaupt. Kein Streitschlichter. Altannar kennt das von den Pferden. Kommt eine neue Stute in die Herde, so erhält sie erst einmal Prügel und keinen Platz an der Wasser- und Futterstelle. Langsam. Schritt für Schritt muss sich die Neue dem Rhythmus der Herde anpassen. Unauffällig bleiben. Vom Schwächsten zum Stärksten emporarbeiten. Altannar lächelt bei diesen Gedanken. Soweit der häusliche Frieden in der Jurte nicht zu sehr gestört und sein Platz in der Mitte hinter dem Ofen nicht von Zank und Streit heimgesucht wird, kümmern ihn die Frauen nicht.

„Also, Altannar, wer ist dieses Breitgesicht nun?" Enchtyyl hat ihren Mund wieder geschlossen. Wie zwei dünne Striche. Auch die Augen. Zwei dünne Striche. „Das ist Pujing. Ich habe sie mit hierher gebracht. Sie ist Näherin. Reisende Näherin und halbe Chinesin." „Chinesin!" Enchtyyl schreit so laut, dass die Hütehunde anfangen zu bellen. „Du bringst eine Chinesin? Hast du vergessen, dass ein guter Mongole nicht einmal die Süßigkeiten aus den Chinesenläden essen mag, und du bringst gleich die Wurzel des Übels mit?"

Altannar stößt Pujing zur Seite und packt Enchtyyl an beiden Schultern. Er schüttelt sie heftig, so heftig, dass ihr Strichmund und die Strichaugen wieder größer und breiter werden. „Wenn du nur einmal deinen Unmut nicht wie eiskaltes Wasser über Fremde schütten würdest!"

„Ach", Enchtyyl kann ihren Zorn noch nicht gehen lassen, „aber du kannst einfach so eine fremde Frau mitbringen. Ist das nicht auch wie kaltes Wasser für mich und deine Kinder?"

Altannar fühlt sich erschöpft. So müde und auch krank. Ein großer Schatten war auf die Wiedersehensfreude gefallen. Tief in seinem Inneren spürt er. Er wusste es. Wie konnte er nur die Näherin hierherbringen. Hierher zu Enchtyyl. Kein Mann hat es bisher mit ihr ausgehalten. Auch der Letzte nicht. Blatt vom Baum. Ja, so hieß er. Der Letzte. Er hat Enchtyyl so manches Mal eine Ohrfeige erteilt. Dann aber war er verschwunden.

Blatt vom Baum wurde fort geweht.

Oder auch zerrieben und im Wind zerstreut.

Hinter der Hand flüstert man sich im Aimak zu, dass Enchtyyl ihren Mann um die Ecke gebracht hätte. Gut, Blatt vom Baum war ein Säufer und Frauenliebhaber, aber, trotzdem.

Diese Enchtyyl steht nun vor Altannar und ist nicht bereit, auch nur einen Zentimeter von der Frauenseite an Pujing abzutreten.

„Soll das Breitgesicht eben an der Türe auf dem Boden sitzen und schlafen."

Altannar nimmt Enchtyyls Gesicht in beide Hände und

blickt in ihre Augen. „Hör zu. Pujing bleibt eine Weile hier. Sie wird mit uns leben, arbeiten und mit ihrer komischen Maschine nähen. Du wirst die gleichen Dinge erledigen wie bisher. Es hat sich nichts geändert."

Enchtyyl reißt sich von Altannar los, dreht sich um und geht zurück zur Jurte. Sie greift nach dem umgeworfenen Eimer und überlegt, wie sie Altannar besser treffen kann. Mit dem Blecheimer oder ihren Worten.

Sie entscheidet sich: „Nichts geändert! Dass ich nicht lache? Du hast dir irgendwo eine Frau gekauft und bringst sie in die Jurte deiner Kinder. Schämen solltest du dich. Das wird dich viel Rauch und Geld kosten, um die Geister wieder gnädig zu stimmen."

Pujing fühlt sich, als hätte man sie zertreten und in den Schmutz gedrückt.

Altannar steht neben ihr.

Neben ihr und doch so weit wie die weißen Wolken am Himmel. Wolken, die sich ständig verändern und fort getrieben werden. Aber sie, Pujing, muss bleiben.

„Ich kann hier nicht bleiben, Altannar!"

Noch immer steht Altannar an der gleichen Stelle. Er rührt sich nicht. Keine Bewegung. Keine Worte. Er möchte ein Baum sein. Ein Baum unter dessen Blättern Rast gemacht wird. Ein Baum, von dem niemand etwas erwartet. Und später kann dieser Baum nach einem langen Leben gefällt werden und als Feuerholz dienen.

Pujing blickt wieder zum Himmel. Eine Wolke. Eine Wolke möchte sie sein. Eine, die sich verändert und überall ist. Altannar ist kein Baum. Pujing ist keine Wolke.

„Pass auf, Pujing!" Altannar legt seine Hand kurz an Pujings Schulter. „Ich werde mit Zorigt und Alimaa zu den Fohlen gehen. Es wird Zeit, die Stuten zu melken. Du hilfst mir." Altannar nimmt seine beiden Kinder an der Hand und geht mit ihnen die paar Schritte zu den jungen Pferden.

Zorigt und Alimaa sind froh, dass jetzt wieder das geschieht, was sie kennen. Hatten sie noch eben ihre Köpfe eingezogen und die kleinen Schultern gekrümmt, so können sie nun aufrecht den gewohnten Weg gehen. Pujing aber steht noch immer dort. Sie weiß, dass sie mit ihm und den Kindern gehen muss. Niemand wird kommen und mit ihr sprechen, oder die Fäden des Streits entwirren. Sie muss sich wie ein nasser Hund schütteln und hoffen, dass die Gefühle der schlimmen Minuten wie Wassertropfen auf die Steppe fallen und im Boden versickern. Enchtyyl ist nicht mehr zu sehen. Aber zu spüren. Enchtyyl liegt ihr wie ein dicker, nasser stinkender Mantel auf den Schultern. Schwer und in die Knie zwingend.

„Ich habe Tante Wang überstanden, ich werde auch die Verrückte hier überleben", sagt sich Pujing. Ihr fällt ein, dass Enchtyyl in der Stadt lebte und erst seit dem Tod der Frau von Altannar hier lebt. Pujing fühlt sich wieder ein wenig leichter. Zu schön ist der Gedanke, dass Altannars Schwester vielleicht die Jurte verlassen mag.

Pujing geht zurück zum Wagen. Die Nähmaschine und ihre Tasche liegen noch dort. Wie zwei vertraute Freunde erscheint ihr das Reisegepäck. Sanft streicht sie über das abgewetzte Leder der braunen Tasche. Auch die Nähmaschine und ihre Stickutensilien haben die Reise gut überstanden. Pujing öffnet den Verschluss der Tasche und sucht nach den Stoffen. Ihre Hände finden die kühle Seide und den warmen Samt.

Pujing atmet tief durch. Wohlbehagen durchströmt sie. Sie weiß um die Heilung ihrer Stoffe. Sie zieht ihre Hand wieder aus der Tasche. Kurz kommt ihr der Gedanke, ihr Erlebtes an dem Ail auf schwarzer Seide fest zu halten. Nein, sie hat schon zu viel Zeit in das Sticken trauriger Bilder gesteckt.

Die Fröhlichkeit.

Die Schönheit.

Die möchte sie erleben, erfühlen und weitertragen. Pujing schließt die Tasche und schiebt die Nähmaschine unter den Wagen. Nicht, dass die Verrückte damit nach jemanden wirft.

Altannar, Zorigt und Alimaa stehen bei den Fohlen. Altannar kneift wieder seine schmalen Augen zusammen und begutachtet soeben die Leine, an der die jungen Pferde festgeknotet wurden. Die Neugierde ist es, welche Pujings Schritte weiter und schneller werden lässt. Sie ist außer Atem, als sie endlich neben Altannar steht.

Er wirft einen schnellen Blick auf die kleine, halbe Chinesin: „Und, was sagst du zu unseren Tieren?"

Pujing runzelt ihre Stirn.

„Nun ja, sie sehen ganz hübsch aus, aber die Tiere lassen ihre Köpfe so traurig hängen." Schnell hat Pujing erkannt, dass der grobe Strick nur armhoch über der festgetretenen Erde angebracht ist. Sie kennt die Methode der Pferdehaltung.

Die jungen Tiere, deren Beine zu lang sind müssen entweder auf der braunen, festen Erde liegen, oder die Beine grätschen. Glück hat der, der kurzbeinig zur Welt kam.

„Du hast keinen Zorn in dir, den du auf mich werfen könntest?"

Altannar wundert sich. Hatte Pujing bisher nicht eine jede seiner Handlungen mit Missbilligung betrachtet? „Wegen der Pferde und weil sie ohne Bewegung stundenlang in der Sonne stehen, oder besser, in der Sonne liegen müssen?" Pujing verspürt keine Lust sich erneut mit einem Familienmitglied dieser schrecklichen Sippe anzulegen.

„Weißt du warum die Fohlen hier angeleint werden?" Altannar möchte Pujing erklären, weshalb die Tiere dicht eines neben dem anderen stehen.

Pujing möchte Altannar die Zunge herausstrecken.

Eine Grimasse schneiden.

Hysterisch lachen.

Auf einem Bein hüpfen.

Aber nichts davon macht sie wirklich.

Altannar hatte ihr im Wagen eine Mahlzeit versprochen. Einen Tee. Ein Stück Brot. Einen warmen Platz. Nichts davon hat sie bisher erhalten. Dafür gab es böse Worte und schlimme Blicke. Die machen ihr knurrendes Ungeheuer im Bauch nicht satt. Bissig wird es und auch gefährlich.

„Altannar ...", beginnt Pujing langsam und versucht in sein Gesicht zu sehen. Gegen die Sonne. Das ist nicht leicht. Leicht scheint hier nichts zu sein. Selbst das Betrachten des Mannes bereitet ihr Schwierigkeiten. „Du hast mir Dinge zu Essen und zu Trinken versprochen. Keinen Vortrag darüber, warum du deinen Pferden den Hals lang ziehst und die armen Tiere mit krummen Beinen in der Sonne braten. Also?"

„Die Tiere gehen vor!" Altannar hat sein Versprechen sehr wohl im Kopf. Im Kopf ganz weit hinten. So weit hinten, dass das Versprechen als solches schon gar nicht mehr zu erkennen ist. Altannar bleibt stur. Ange-

strengt sieht er Richtung Jurte. Ist dort Enchtyyl zu erkennen? Hält sie nicht einen Eimer in der Hand? Nein!
Altannar reibt sich die Augen. Er ist müde. Neben ihm
räuspert Pujing. Er hat das Gefühl, in einem unguten
Traum zu schweben. Einem Traum, den ihm die Götter
geschickt haben. Und Pujing.

„Pujing, du hilfst mir und den Kindern beim Melken
der Stuten, dann bekommst du von mir einen ganzen
Hammel, oder ein Murmeltier, was immer auch da ist,
versprochen?"

„Gut!" Pujing spürt, wann ihr Gegenüber offen wie
ein Buch vor ihr steht oder mit einem lauten Knall die
Buchdeckel zugeschlagen hat.

Zorigt geht an das Ende der Leine. Dort ist ein gesat-
teltes Pferd festgebunden. Er löst den langen Zügel,
stellt sich seitlich an das rote Pferd und schwingt
seine langen, dünnen Beine über den Pferderücken.
Ein Kunststück. Stolz sitzt er in dem hölzernen Sattel.
Seine Augen suchen den Vater. Zorigt wartet auf seine
Belohnung, die Worte der Anerkennung.

Altannar bleibt stumm. Er hat Zorigt den Rücken zuge-
wandt und nichts von dem kühnen Sprung des kleinen
Jungen mitbekommen. Zu sehr ist er beschäftigt, seine
Gedanken zu sortieren. Unbehagen spürt er in sich.
Schwerer und größer wird es. Das Unbehagen.

Ein sonderbarer Gedanke blitzt immer wieder in seinem Kopf auf. Nein, nicht im Kopf. Wo anders. Altannar ist unsicher. Das ist kein Gedanke, der da blitzt.
Es ist ein kleines Gefühl. Und blitzen tut es nicht so
richtig, eher flackern.

Oder blitzt es doch?

Es fühlt sich warm an. Fast heiß.

Das Blitzen. Das Flackern.

Altannar möchte es vertreiben. Vertreiben wie eine fette Fliege, die den Hammel umschwirrt. Ein neues Gefühl kommt hinzu. Es rüttelt in ihm ganz entsetzlich. Altannar ist sich sicher, all seine Organe haben ihren festen Platz verlassen und sind durch seinen Schlund aus dem Körper gespuckt worden.

Nur eines ist noch da.

Es klopft laut und schnell.

 Es ist riesig geworden.

Es braucht all den Platz.

Das Herz.

Altannar hat sich verliebt.

Pujing steht neben ihm. Sie darf es nicht wissen. Sie würde lachen. Sie würde gemeine Worte finden. Sie würde ihn an der Nase herumführen. Sie würde Unordnung bringen. Denkt Altannar. Pujing wirft einen prüfenden Blick auf Altannar. Sonderbar ist er. Blickt sie nicht mehr an. Findet keine Worte. Findet keinen Blick. Nicht einmal für seinen Sohn.

Pujing hat den jungen Reiter beobachtet. „Mutig bist du, Zorigt!", ruft sie ihm entgegen. „Dein rotes Pferd und du, ihr seid wohl beim nächsten Naadam dabei?" Zorigts dunkle Wangen leuchten. Er weiß nicht, wer die Fremde ist, aber sie scheint den richtigen Blick zu haben. Gut, die Tante kann die Fremde wohl nicht leiden und würde sie am liebsten verjagen, aber er mag sie behalten. Zorigt wendet sein Pferd und lenkt es in die Richtung, aus der Altannar und Pujing gekommen waren.

 „Wohin reitet dein Sohn?", will Pujing wissen.

„Er treibt die Stuten zu ihren Fohlen", antwortet Altannar und sieht seinem Sohn nach. Schnell und sicher ist er geworden. Der kleine Zorigt. „Die Herde, an der wir vorhin vorbei gekommen sind, kannst du dich noch erinnern?" Altannar sieht in Pujings Gesicht. Er sieht sie das erste Mal. Das erste Mal mit dem Blick eines Mannes, der eben festgestellt hat, dass dieses Mädchen doch nicht so unwichtig ist.

Pujing nickt. Altannar schaut aber eigenartig. Dieser Gedanke geht durch ihren Kopf. So sonderbar als hätte er Blähungen. Blähungen, die ihm die Augen vernebeln.

„Du meinst die Pferde, die du mir gezeigt hast?"

„Richtig!" Langsam kommt Ruhe in ihn. Er kann wieder gleichmäßig atmen. Den Blick gerade halten. Die Zunge ist unter Kontrolle.

Aufgeregt zupft Alimaa am Jackenärmel ihres Vaters: „Sieh mal, da kommt er mit den Stuten!" Weit hinten sind viele Punkte am Horizont zu erkennen. Sie tanzen und kommen immer näher.

„Schnell jetzt!", ruft Altannar und beginnt, die Stricke der einzelnen Fohlen von der Leine zu lösen. Pujing rennt auf die andere Seite. Mit ihren geschickten Händen löst sie eine Schlinge nach der anderen, bis sie und Altannar in der Mitte aufeinander treffen.

„Wie viele waren es bei dir?" Altannar wischt sich den feinen Schweiß von der Stirn. Auch Pujing spürt die salzige Feuchtigkeit auf ihrer Haut.

„Ich hatte neun Tiere, und du?"

Altannar nickt erstaunt: „Sieben!"

„Oh, dann war ich schneller!"

Altannar lacht: „Hier gibt es keinen Gewinner und Verlierer."

„Nein, die gibt es nicht." Pujing streichelt einem Fohlen, das noch krumm und unbeholfen an der Leine steht, über den Rücken. „Aber es gibt Schnelle und Schnarcher, wer bist wohl du?"

Altannar lacht. Langsam macht ihm das Duell der besseren Worte, der gekonterten Redewendungen und der spitzen Fragen mächtig Spaß. Beiden.

Altannar und auch Pujing bemerken nicht, dass Enchtyyl zurück gekommen war. Ihre hagere Gestalt. Die scharfen Gesichtszüge. Der schmale Mund. Die langen dürren Arme.

„Die Jurte ist zu klein für zwei Frauen. Und du, Altannar, bist es auch."

‚Siehst du nicht seine Größe?', möchte Pujing rufen. ‚Die Größe, eine Fremde mit hierher zubringen? Die Größe, sich über dich hinweg gesetzt zu haben? Die Größe, hier in der Steppe mit seinen Kindern zu leben?' Pujing bleibt still.

Enchtyyl ist gerade dabei, die Größe Altannars in winzig kleine Stücke zu zerhacken. Mit den Füßen zu treten. Wie Staub in den Wind zu blasen. Von Altannar soll nichts mehr bleiben. Nur sein Schatten aus vergangenen Monaten und Jahren.

Pujing lässt das nicht zu.

„Von welcher Größe sprichst du Enchtyyl? Von der , die du gut heißen kannst, oder von der, die dir Angst macht?"

„Angst?" Enchtyyl zittert.

„Angst kenne ich nicht. Also sprich du, dumme kleine Chinesin, nicht von meiner Angst, die es nicht gibt."

Bevor Pujing ihr entgegnen kann, spürt sie ein leichtes, leises Dröhnen. Immer stärker wird es. Immer lauter. Es kommt näher. Schwarzer Staub steigt auf. Die Sonnenstrahlen finden schwerlich ihren Weg auf die Erde. Die Herde ist zurückgekehrt. Das Stampfen der Hufe.

Das Schnauben aus den Nüstern. Die Pferde werden langsamer. Ungeduld und Aufregung liegen zum Greifen nahe. Die Stuten schreien nach ihren Fohlen. Zorigt ist unter den Pferden. Der Rote hat den jungen Treiber sicher nach Hause gebracht.

„Gut gemacht, Mutiger!" Altannar streckt seine Faust nach oben. Die hungrigen Fohlen suchen ihre Mütter. Mit steifen Schritten stolpern sie ihnen entgegen. Kleine Mäuler suchen die Euter der Stuten. Gierig saugen sie. Lange haben sie gewartet. Lange in gebückter Haltung in der Hitze gelegen.

Nicht lange dürfen die Stuten ihre Fohlen nähren. Nach den ersten Schlucken werden sie von der Familie von den Eutern vertrieben und erneut an die Leine gelegt. Jetzt werden die Stuten von Menschenhand gemolken. Der Strahl aus jedem Euter fließt in die Eimer. Es zischt und gurgelt. Die Fohlen schreien hungrig nach ihren Müttern. Die kleinen Schlucke haben sie hungrig gemacht. Manch ein kleines Pferd fällt matt auf den harten Boden zurück. Zu schwach sind die dünnen Beine.

Altannar und Enchtyyl wissen, wie viel Milch sie den Stuten aus den Eutern in die Eimer fließen lassen dürfen. Genug für die Nomaden. Genug für die Fohlen. Die Eimer füllen sich. Auch Zorigt und Alimaa sitzen am Bauch einer Stute. Die Muttertiere blicken unruhig zu ihren Fohlen, bleiben aber stehen.

Pujing sammelt die Eimer mit der frisch gemolkenen Milch ein und gießt sie in einen großen Kanister. Jetzt ist wieder Zeit für die Fohlen. Erneut werden die Stricke gelöst. Ein wildes Laufen, Stoßen und Drängen, dann ist jedes Fohlen bei seiner Mutter.

Frieden ist eingekehrt. Bei den Pferden und den paar

Menschen. Den Menschen, die hier irgendwie miteinander zurecht kommen müssen.

Altannar blickt prüfend in den Kanister. „Das gibt eine Menge Airag, Tarag und Aaruul."

Enchtyyl schiebt ihn zur Seite. „Sicher ist das nicht wenig. Es gibt hier gutes Gras und gesunde Kräuter. Aber nicht mehr lange und dann wird das Gras dürr. Der Schnee kommt in diesem Jahr früher. Sag ich dir."

Altannar betrachtet Enchtyyl. Sie ist die Schwester. Seine Vertraute. Seit vielen Jahren. Sie versteht den unerbittlichen Lauf der Natur. Den nassen Weg des Regens. Den feinen Hauch und das dröhnende Brüllen des Windes. Das stille Schweben des Schnees. Die wärmenden Strahlen der Sonne.

Enchtyyl versteht nicht die manchmal sonderbaren Gefühlen des Mannes hier im Ail. Anders Pujing. Sie versteht diese Gefühle. Jedoch sie weiß nicht um ihr Verstehen.

Nach dem Melken der Tiere, dem zufriedenen Schmatzen der Fohlen und dem leicht herablassenden Kauen der Stuten, ist die Stille zurück gekehrt. Das Strecken der Waffen für eine winzige Weile. Genug, um in die Jurte einzukehren, die Füße auszustrecken und die Brühe zu schlürfen.

Pujing bekommt ihren Platz links von Altannar. Enchtyyl bleibt bei dem Eisenofen im Osten der Jurte. Alimaa kniet bei ihr und füllt die Schüsseln.

Zorigt darf ab heute bei seinem Vater sitzen. Ein starker, junger Reiter muss nicht mehr wie ein Hütejunge in der Nähe des Eingangs bleiben.

Pujing trinkt in kleinen Schlucken. Neugierig sieht sie dabei über den Rand ihrer Schüssel. So sieht also Altannars Jurte aus. Die Scherengitter sind mit einem

Stoff aus dunklem Blau bespannt. Der Stoff schimmert und glänzt. An manchen Stellen ist die Seide so dünn geworden, dass Pujing die darunterliegenden Scherengitterstäbe erkennen kann. Die hölzernen Dachstangen und der Dachkranz sind ebenfalls blau. Hellblau. Entweder mag Altannar diese Farbe, oder seine Frau war begeisterte Blauliebhaberin, vermutet Pujing. Die Kommode und die kleine Waschstelle mit dem Blecheimer darunter, sind hingegen orange.

Eine fröhliche Jurte, findet Pujing.

So fröhlich und hell, dass ihr die eigene Jurte in den Kopf kommt.

Traurigkeit schleicht sich plötzlich in Pujing. Ganz langsam und still haben sich die Bilder angepirscht. Ihr Bett mit den vielen bunten Decken, ihre Kommode für den wild tanzenden Wind, der kleine Ofen, der nun kalt ist und die Stiefel, ach ja Großvaters Stiefel. Die werden noch immer an der Dachstange hängen und niemand wird sich an ihnen den Kopf stoßen. Nicht einmal die Tante Wang.

Eine kleine Hand schiebt sich da über Pujings Finger. „Wieso schaust du so traurig?" Alimaa ist es, die Pujing wieder aus ihrer kleinen Jurte holt.

„Ich habe nur an mein Zuhause gedacht, an meine Jurte." Pujing drückt Alimaas Hand und sieht dem kleinen Mädchen ins Gesicht.

„Du hast eine Jurte?" Enchtyyl, die gerade noch mit einem großen Löffel in dem Eisentopf gerührt hat, schüttelt ihren Kopf. „Seit wann haben Chinesen eine Jurte, hä?"

Pujing stellt ihre Schüssel vorsichtig auf den Boden. Sie hat keine Lust, einer fremden Frau, deren Bauch voller Hass ist, von sich zu erzählen. Ein Wunder, dass

Enchtyyls Bauch nicht kugelrund ist, bei all dem Hass, der in ihr brodelt. Pujing betrachtet Enchtyyls Bauch. Zu komisch ist die Vorstellung.

Enchtyyl spürt Pujings Belustigung und ärgert sich. Hat sie nicht eben Pujing beleidigt und wieso grinst diese nun so unverschämt. Jawohl unverschämt!

Kommt mit ihrer Nähmaschine hierher marschiert, verdreht Altannar den Kopf, dass der bald nicht mehr den Ausgang der Jurte finden wird und lacht! Enchtyyl rührt heftiger in ihrem Topf. Die Fleischstückchen springen in der Brühe, als wären sie noch immer ein lebendiger Hammel. Tot ist der Hammel. Tot soll er bleiben!

„Enchtyyl!" Altannar schnellt in die Höhe. Einige Spritzer der kochend heißen Brühe haben auch ihn angesprungen. An den Beinen. An den Armen. Der rechten Wange. „Bist du verrückt geworden? Was soll das Gerühre?" Er ist wütend. Das heiße Fett brennt auf seiner Haut.

„Lass sehen!" Pujing steht neben ihm. Legt ihre Hand an seine schmerzende Wange und dreht seinen Kopf vorsichtig in ihre Richtung. „Ich habe in meiner Tasche eine Salbe vom Murmeltier. Die hilft."

„Blödsinn, Murmeltier!" Enchtyyl wischt ihre Finger an einem Lappen ab und steht nun ebenfalls vor Altannar. „Murmeltiere werden gegessen, nicht ins Gesicht geschmiert, nicht wahr Altannar?"

Altannar blickt von einer Frau zur anderen. Die eine hat ein rundes Gesicht mit schmalen Augen, einer breiten Nase und einem roten Kugelmund.

Die andere, die mit dem schmalen Gesicht, hat noch schmalere Augen, eine kleine Nase und einen dünnen Furchenmund. Eines haben die beiden Frauen gemein:

Sie bringen Ungutes in Altannars Seelenleben. So wie Enchtyyl schmetternd in ihrem Topf rührt, so stochert sie auch in Altannars Innenleben.

Pujing ist in Altannars Augen nicht besser. Ihre wissenden und prüfenden Augen blicken ihm zu scharf in die Seele. So scharf, dass es brennt und schmerzt. Pujing hält noch immer ihre Hand an Altannars Wange. Kühl fühlte sich diese erst an. Aber jetzt ist sie warm und weich.

Vorsichtig löst Altannar Pujings Finger von seinem Gesicht. Er möchte keine Berührung.

Nicht von Pujing.

Nicht von Enchtyyl.

Er schiebt beide Frauen zur Seite, geht langsam zur Türe der Jurte. Öffnet. Sonnenstrahlen fallen in den noch dunklen Raum. Die beiden Frauen und auch die Kinder können den Fluss des herein fließenden Lichts nicht aufhalten. Altannar atmet tief ein. Die Waren müssen vom Wagen geholt werden. Zorigt soll ihm dabei helfen.

„Zorigt, komm mit mir. Die Dinge vom Markt müssen abgeladen werden!"

Der Junge, der noch immer ganz hinten in der Jurte saß, springt auf: „Ich bin hier, Vater." Altannar wartet, bis auch Zorigt aus der Jurte kommt. Pujing und Enchtyyl beobachten die Männer. Den großen und den kleineren.

Die Frauen, umfangen von der Helligkeit der Sonne, wirken weicher und sanfter. Altannar schließt die Türe. Schwer fällt sie in den Rahmen. In der Dunkelheit sollen Pujing und Enchtyyl zurückbleiben. Ihre Konturen hart und unnachgiebig. Altannar reibt mit seinen rauhen Händen übers Gesicht. Reibt und reibt. Kann nicht aufhören. Er möchte seine Gedanken, seine Gefühle aus dem Kopf reiben. Zerkrümeln. Auf die Erde fallen lassen. Frieden finden. Schwer sind sie geworden. Seine Füße. Die Füße, wie sie waren. Geschmeidig. Die Schuhe, die er schon immer trägt. Beweglich. Der Weg, der noch immer der Gleiche ist. Erdig. Immer war alles gleich, jetzt ist alles anders. Schwach. Rissig. Schlammig.

Pujing öffnet die Türe einen kleinen Spalt. Enchtyyl steht hinter ihr. Beide blicken durch den schmalen Spalt nach draußen. Pujing spürt Enchtyyls Nähe. Den Geruch ihrer Haut. Hammelfett.

„Was hat er gekauft?" Pujing zuckt mit den Schultern. Eigenartige Frage. Eigenartige Enchtyyl. „Du warst doch die ganze Zeit dabei, warum weißt du nichts?" Enchtyyl schüttelt den Kopf. Pujing zuckt wieder mit ihren Schultern.

„Ich habe im Wagen neben ihm gesessen. Habe mit ihm die Plane befestigt. Aber wissen kann ich nichts. Wozu? Ich bin mitgekommen um zu nähen, nicht um zu kontrollieren, ob dein Bruder die Einkaufslisten lesen kann."

Der Geruch nach Hammelfett ist näher gekommen. Pujing kann kaum atmen. Enchtyyls Bauch drückt sich an Pujings Rücken. So lang und hart wie eine Peitsche. „Mein Bruder?", flüstert sie scharf. „Wie meinst du das?"

Pujing dreht sich um. Versucht sich Platz zu schaffen. Platz für ein wenig Luft. Ein eigenartiges Gefühl kriecht über sie hinweg. „Ist er denn nicht dein Bruder?"

Enchtyyl verzieht ihren schmalen Mund. Ein Mund, der wie eine dicker Strich in ihr Gesicht gepinselt

wurde. „Glaub, was du willst. Es macht keinen Un-
terschied." Sie knetet ihren Lappen zusammen. Gibt
Alimaa einen Stoß.

„Sitz hier nicht herum, gib mir die Schüsseln!" Alimaa,
die die ganze Zeit still und klein neben dem Ofen saß,
ist nicht länger unsichtbar. Das Mädchen steht auf und
sammelt die umherstehenden Schüsseln ein. Reicht sie
Enchtyyl und wartet.

„Alimaa, du kennst deine Arbeit, was stehst du wie
eine schwachsinnige Yakkuh herum?" Enchtyyl
schüttelt ihren Kopf. Warum muss sie, die in der Stadt
eine gute Arbeit gefunden hat, mit einer idiotischen
Näherin und einem langsam denkenden Mädchen in
der Steppe in Schüsseln reiben? Sie kennt die Antwort.
Kennt sie seit vielen, vielen Jahren.
Die gleiche Frage.
Die gleiche Antwort.
Seit vielen, vielen Jahren.
Altannar und Zorigt lösen die langen Nylonleinen. Die
rot-blaue Plane beginnt zu flattern. Höher und höher
bläht sich das Plastik über die Solaranlage, die Lebensmittel und die elektronischen Geräte.

„Was ist das denn?" Zorigt hat einen großen, braunen
Karton entdeckt. Auf der Außenseite der Verpackung
ist ein Gerät mit vier Ecken abgebildet.

„Das ist ein Fernsehgerät." Altannar klettert hinter den
Karton und sucht nach einer weiteren Kiste.

„Ein - was für ein Gerät?" Zorigt betrachtet ungläubig
das Bild auf der Verpackung. Die chinesischen Schriftzeichen sagen ihm nichts.

„Hier!" Altannar hat es gefunden. Sieht aus wie eine
Uurga aus Draht. Nur, damit werden keine Pferde
gefangen.

„Was du hier siehst Zorigt, ist ein Fernsehgerät mit An-
tenne." Zorigt sieht ungläubig auf den Karton. Klopft.
„Dieses braune Papier ist ein Gerät?"

Altannar schüttelt den Kopf und beginnt zu lachen. Immer lauter und heftiger lacht er. Lacht den Ärger fort.
Lacht den Unmut fort.

Lacht die Trauer fort.

Nur, die Liebe, die Liebe zu Pujing, die kann er nicht
fortlachen.

Die bleibt.

Altannar wischt sich die Tränen von der Wange.

„Zorigt, du bist komisch. Das Gerät ist doch innen."

„Oh!" Zorigt zieht seine Schulterblätter zusammen.
Was muss sein Vater von ihm denken. Noch vor einigen Stunden war er, Zorigt, der Held im Holzsattel,
aber jetzt ist er doch ein kleiner, dummer Nomadenjun-
ge.

„Zorigt!" Altannar dreht Zorigt zu sich. Sieht dem
Jungen in das kleine, rote Gesicht. „Woher solltest du
diese Dinge kennen? Als ich von hier fort bin, kannte
ich dieses Gerät ebenso wenig wie du. Auf dem Markt
in der großen Stadt habe ich den Fernseher und all die
anderen Dinge bekommen. Dafür habe ich doch die
beiden Pferde an die Kasachen verkauft."

Zorigt nickt. Sein Vater hat recht. Woher sollte er diese
Dinge kennen. Selbst dann, wenn er in der Stadt zur
Schule geht. Die Leute, die ihn dort für viel Geld auf-
genommen haben, besitzen selbst nur ein Radio.

„Wie soll das gehen?" Zorigt ist neugierig. Es ist immer wieder spannend, wenn der Vater aus der weiten
Stadt zurückkehrt, aber so aufregend wie diesmal war
es noch nie.

„Wir packen erst die Lebensmittel aus und dann zeige

ich dir den Fernseher und die Solaranlage. Deine Schwester soll auch mit dabei sein."

Zorigt blinzelt. Er ist enttäuscht. Er wollte mit dem Vater alleine das neue Stück ausprobieren. Was soll da ein kleines Mädchen dabei? Altannar spürt die Traurigkeit in Zorigt. Gerne hätte er seinem Sohn allein die Neuheiten erklärt. Alimaa ist ein Mädchen, gut. Aber auch sie soll diese Dinge kennen. Wie leicht kann ein Nomadenmädchen, oder später die Nomadenfrau alleine zurückbleiben. Sie muss das Wissen des Mannes in sich tragen können.

Vielleicht bleibt das Mannwissen der Frau ein Krüppel und ist keine Hilfe. Oder aber, das Mannwissen wird groß und weit, wie die Flügel des Geiers.

Nur eines darf das Mannwissen einer Frau nicht werden. Größer und weiter als das Frauwissen.

Pujing steht noch immer an der Türe. Enchtyyl hingegen lehnt wieder am Ofen. Die Brühe mit dem Hammelfleisch kocht leise vor sich hin. Soeben führt Enchtyyl den Schöpflöffel an ihren Mund. Sie schmatzt und kaut. Brühe läuft über ihr Kinn, zurück in den Topf. „Sag", beginnt sie, „was ist das mit deinen Stoffen?" Enchtyyl wischt mit dem Lappen über ihr Gesicht. Noch immer glänzt es vom Fett des Hammels.

„Ich besticke Stoffe für Kleider, Decken und Scherengitter." Pujing öffnet die Türe ein wenig weiter. „Ich kann meine Tasche holen und dir zeigen, was ich dabei habe."

Enchtyyl überlegt.

Gut, Pujing ist eine halbe Chinesin.

Chinesen mag man ja grundsätzlich nicht so.

Aber, es könnte sein, dass diese hier vielleicht einen gewissen Nutzen mit sich bringt. Allerdings sollte die halbe Chinesin die Finger von Altannar lassen.

„Dann geh und hol' deinen Kram." Enchtyyl hält mit ihrem linken Zeigefinger das linke Nasenloch zu und schnäuzt kräftig, an Pujing vorbei, nach draußen. Ein wahres Kunststück. Durch den schmalen Türspalt hindurch. Pujing schüttelt sich. Das schleimig, wässerige Geschoß flog zum Glück an ihr vorüber. Ihr Deel hat nichts abbekommen. „Also?" Enchtyyl schiebt Pujing zur Seite, wirft die Türe auf und versetzt Pujing einen kräftigen Stoß.

Alimaa geht vorsichtig an den beiden Frauen vorüber. Auch sie ist neugierig auf das, was Pujing in ihrer großen, braunen Tasche mit sich führt. Pujing und Alimaa laufen zum Wagen. Altannar hört die leisen Schritte der beiden auf der Erde. Ein leichtes Vibrieren. Ein Schwirren. Mehr ist nicht zu spüren. Mehr ist nicht zu hören.

„Ich hole nur die Tasche." Pujing hat das Gefühl, an der für sie unerreichbaren Männerwelt gekratzt zu haben.

„Wir gehen gleich wieder!" Alimaa bleibt neugierig stehen. Der Karton ist es. Der Große. Der mit den fremden Schriftzeichen.

„Was ist das?" Alimaa deutet auf das Ungetüm.

„Wenn du bei uns bleibst, dann wirst du wissen, was wir bald in unserer Jurte zu stehen haben!" Altannar zieht seine Tochter an einem ihrer langen Zöpfe.

Alimaa überlegt. Sie kann sich nicht entscheiden. Zu viele Überraschungen an einem einzigen Tag.

„Pujing zeigt mir die Stoffe." Alimaa hat ihre Entscheidung getroffen. Wenn die Stoffe von Pujing nur halb so spannend sind, wie Pujing selbst, dann hat sie sich richtig entschieden. So denkt Alimaa. Der Karton hin-

gegen ist eben nur ein Karton. Langweilig. In Alimaas
Augen.

Altannar beobachtet Pujing.

Er freut sich.

Alimaa scheint sie zu mögen. Aber. Ein dunkler Schatten fällt über diesen Gedanken. Unwichtig ist es.

Das Mögen.

Das Nichtmögen.

Pujing wird ein paar Nadelstiche lang bleiben und
dann weiter ziehen. Unnütz, hier Gefühle auf die Erde
zu werfen. Der Samen der Gefühle wird verdursten,
verdorren und keine Früchte tragen.

Pujing weiß nicht um die schattenreichen Gedanken
Altannars. Sie nimmt in die eine Hand die Ledertasche,
die andere reicht sie Alimaa.

„Komm, wir gehen zurück in euere Jurte. Dort zeige
ich dir meine Geschichte."

Enchtyyl ist nicht zu sehen. Weder in der Jurte, noch
bei den Hütehunden. Pujing stellt ihre Tasche auf den
festgestampften Boden.

„Alimaa, ich suche deine Tante Enchtyyl. Warte hier."

Alimaa nickt. Keinen Zentimeter wird sie sich von der
abenteuerlichen Tasche entfernen. Pujing umrundet die
Jurte und geht in die Richtung, die sie vom Melken der
Pferde kennt. Die Fohlen stehen und liegen wieder an-
gebunden an dem langen Seil. Es ist heiß. Die Fliegen
umkreisen Pujing. Ihre Nase. Die Augen. Den Mund.
Pujing versucht, sie zu vertreiben. Jedoch, es gelingt
ihr nicht.

Die Pferde schütteln ihre Mähnen. Schlagen mit dem
Schweif. So manch junges Pferd hat scheinbar den
Kampf aufgegeben. Es liegt mit geschlossenen Augen
in der Sonne und regt sich nicht. Die Fliegen kleben

wie große, schwarze Beeren an Augen und Nüstern.
Pujing geht näher heran. Wie tot sieht so manches
aus. Nur das Zucken der Augenlider gibt Zeichen von
Leben.

Eines der Pferde fällt Pujing besonders ins Auge. Es
ist grau. Grau mit schwarzen hohen Beinen. Ein junger
Hengst. Es sieht aus, als würde er Stiefel tragen. Ihn
stören die Fliegen gewaltig. Er schnaubt und stampft
und zerrt an der Leine. Immer wieder schlägt er mit
seinen Hinterhufen an den Bauch. Pujing streckt ihre
Hand aus und geht näher an ihn heran. Langsam.
Schritt für Schritt.

„He, bleib stehen!" Ein Peitschenknall durchbricht die
Stille. Enchtyyls Stimme. Scharf und Schneidend. Ihre
Worte zerfetzen den Frieden.

Pujing erschrickt. Das Pferd springt mit einer Bewegung nach hinten. Es schlägt nach den anderen Pferden. Das Seil reißt. Sofort spürt das junge Pferd die
Freiheit, bleibt kurz stehen, dreht sich in einem Satz
um und galoppiert davon.

„Das hast du nun davon!", keift Enchtyyl. Zorn blitzt
in ihren Augen. „Es ist mir unverständlich, wie Altannar nur so eine dumme Stadtchinesin mit hierher
bringen konnte. Kannst du nicht wenigstens in der Jurte bleiben? Dort schadest du hoffentlich niemanden!"
Enchtyyl steht jetzt dicht vor Pujing.

Pujing schüttelt sich. Die Nähe von Enchtyyl schmerzt
ihren Körper.

„Hättest du nicht gerufen, dann wäre das nicht geschehen."

„Ach nein?" Enchtyyl dreht sich um und geht. Noch
einmal blickt sie zurück. „Das Pferd läuft jetzt zu den
Stuten. Dort gibt es die anderen Hengste und Wallache.

Die mögen das gar nicht, wenn halbstarke Kleinhengste einfach so daherlaufen. Verjagen werden sie ihn. Und dann rennt dieses unnütze Vieh entweder in eine Falle für die Wölfe, oder gleich in das offene Gebiss von einem!"

Pujing wird schlecht. Das Gewissen ist es. Das setzt ihr zu. Durch ihre Schuld hat Altannar vielleicht ein wertvolles Tier verloren. Sie möchte sich hinsetzen und weinen. Weinen um das Pferd. Weinen um Pujing selbst. Ein bisschen weinen um Altannar. Das Bild seiner Freude. Seines Stolzes schleicht sich in ihre Gedanken. Aber, sie wird ihm erklären was geschah.

Jetzt.

Sofort.

Bevor Enchtyyl es tut.

Ja, Enchtyyl.

Diese zänkische Frau wird Altannar mit Gewalt falsche Bilder in den Kopf stopfen. Und, sind diese einmal dort drin, dann werden Pujings Worte diese Bilder nicht mehr vertreiben können.

Pujing dreht sich um. Läuft. Staubige Erde wirbelt auf. Pujings Beine bewegen sich schnell.

Auch Enchtyyl beginnt zu laufen. Ihre lange, dürre Gestalt. Ein springender Stock. Pujings Haare fliegen um ihren Kopf. Sie hat ihr Tuch verloren. Sie hat keine Zeit, nach dem Tuch zu sehen. Schon hat sie die Jurte erreicht.

Alimaa steht noch immer neben der Tasche und wartet. Mit großen Augen sieht sie Pujing entgegen. Angst steht in dem kleinen Kindergesicht. Pujing kann an diesem Gesicht nicht vorüber laufen. Nicht ohne zu erklären, was bei den Pferden geschehen war. Keuchend bleibt sie stehen. Schiebt ihre Haare zurück.

„Keine Sorge Alimaa, aber eines der Pferde ist abge-
hauen!"

Alimaa erschrickt. „Und wieso läuft die Tante hinter
dir her?"

Pujing dreht sich um. Enchtyyl hat sie gleich erreicht.
Vielleicht hat ihr das Laufen wieder die Vernunft
gebracht. Nein. Enchtyyl läuft an Pujing und Alimaa
vorüber. Ihre langen dünnen Beine bleiben erst bei
Altannar stehen.

Pujing kann nicht hören, was sie ihm erzählt. Jetzt werden doch Enchtyyls Worte die schrecklichen Bilder in
Altannars Kopf entstehen lassen. Pujing bückt sich zu
ihrer Tasche.

„Alimaa, kommst du?"

Das kleine Mädchen lächelt schüchtern. Die Angst ist
aus ihrem Gesicht verschwunden. Erwartungsvoll folgt
sie Pujing in die Jurte. Dort drinnen ist es kühl. Kühl
und dunkel. Enchtyyl hat wohl schon in den frühen
Morgenstunden den Dachkranz mit der Schafsdecke
geschlossen.

„Alimaa, setz dich auf deinen Schlafplatz. Ich möchte
kurz zu deinem Vater gehen. Hier ist die Tasche. Du
kannst sie vorsichtig öffnen und hineinsehen, aber
nichts herausnehmen, ja?"

Alimaa nickt mit geschlossenem Mund. Natürlich
nimmt sie nichts heraus. Alleine das Öffnen der unbekannten, braunen Tasche wird ein kleines Abenteuer
sein. Pujing sucht in den Taschen ihres Wollumhangs
nach einem Haarband. Sie findet keines. Gut, dann
muss sie eben mit den langen, zerzausten Haaren zu
Altannar gehen. Viel Zeit wird ihr nicht bleiben.

Alimaa scheint Pujings Unbehagen zu spüren. Sie
schenkt ihr ein kleines, schnelles Lächeln. Es ist

dasselbe Lächeln, dass auch Altannar in sein Gesicht zaubert. Manchmal. Selten. Und ab jetzt wohl gar nicht mehr.

Pujing seufzt. Der Weg zum Wagen ist nicht weit. Mit jedem Schritt scheint Pujing tiefer in die braune Erde zu versinken. Sie wird immer kleiner. Die Steppe möchte Pujing verschlingen. Jetzt kann sie Enchtyyls Stimme hören. Schnell und abgehackt. Sie weiß, wie sie ihre Worte ohrengerecht an Altannar verfüttert.

Altannar hört Pujings Schritte.

Er weiß nicht, was er denken soll.

Enchtyyl möchte, dass Pujing das Ail verlässt.

Dumm sei die halbe Chinesin.

Schaden würde diese über die Familie bringen.

Was würde morgen wieder geschehen?

Was übermorgen?

Die Ruhe, der Gleichklang, alles ist nun durcheinander geschüttelt.

So Enchtyyl. Altannar blickt Pujing entgegen. Ihre Haare wehen wie eine schwarze Fahne. Ein kleiner Gedanke blitzt in Altannar auf. Ein Wunsch gleitet durch ihn hindurch. Schnell. Unfassbar. Das Bedürfnis, sich in diese Haare zu wickeln. Sich zu wärmen. Sich zu verstecken. Enchtyyl scheucht diese Gedanken hinweg.

„Da ist ja diese Person. Du wolltest dich wohl in der Jurte verstecken? Altannar wird dir jetzt schon sagen, wie ungehörig du dich benimmst!" Zufrieden spreizt Enchtyyl ihre Beine und wiegt dazu ihre Hüften.

„Ich muss mich nicht verstecken, Enchtyyl." Pujing fährt mit beiden Händen durch ihr Haar. Ihr Blick trifft den von Altannar.

Sie ist überrascht.

Er scheint nicht erzürnt zu sein. Etwas anderes ist in

seinem Blick. Abtastend, lauernd.

„Es tut mir leid, Altannar, dass durch meine Unacht-
samkeit eines deiner Pferde davon gelaufen ist. Lass
mich dir helfen, es wieder einzufangen."

„Du willst helfen?" Enchtyyl verzieht spöttisch ihren schmalen Mund. „Wie denn, willst du mit deiner
Nähnadel werfen, oder mit Garnrollen eine Uurga
basteln?"

Pujing schenkt Enchtyyls Worten keine Beachtung.
Noch immer ist ihr Blick auf Altannar gerichtet. Er
sieht ihr kurz in die Augen. Ein winziger Moment.
Doch er hat genügt. Pujing weiß, Altannar hat ihr ver-
ziehen. Jetzt fühlt sich Pujing nicht mehr klein und von
der Steppe verschlungen. Die Steppe hat sie wieder
ausgespuckt. Nur durch Altannars Blick.

„Und nun, Altannar, was machen wir mit deinem
verschwundenen Pferd?" Pujing fühlt sich mutig und
stark. Stark genug ein Pferd zu fangen, Wölfe zu verjagen und Enchtyyl zu ertragen.

„Wir werden ihn beobachten. Wenn die Stuten zu ihren
Fohlen zurück kehren, kommt er vielleicht mit. Wir
werden sehen."

Enchtyyl ist enttäuscht.

Nein, nicht enttäuscht.

Sie ist wütend.

Doppelt wütend.

Pujing wurde nicht bestraft, nicht verjagt. Etwas
Eigenartiges war geschehen. Etwas, das sie, Ench-
tyyl, nicht benennen kann. Altannar wundert sich über
Enchtyyl.

„Was soll dein Geschrei? Das Pferd ist jung und stark.
Wenn es zurück kommt, wird es ein gutes Pferd geworden sein. Wenn nicht ...", Altannar zuckt mit den

Schultern und dreht sich um. „Ja, wenn nicht, dann wird es gutes Wolfsfutter geworden sein. Was auch immer." Altannar reicht Zorigt die Hand. Der Junge springt von der Ladefläche. Springt genau vor Enchtyyls Füße.

„Sieh her, Tante, was wir hier Schönes haben!" Enchtyyl schnaubt laut durch ihre Nase. Sie hat es satt. So satt. Die ganze Familie spielt verrückt. Erst gestern noch lief alles seinen Gang. Aber nun wird Unnützes ausgepackt und Unnützes in die Jurte geholt. Enchtyyl überlegt, ihre Sachen zu packen und zu gehen. Nein, so einfach will sie es der halben Chinesin nicht machen. Enchtyyl stopft ihre Haare unter ihr buntes Tuch. Das mit den großen orangefarbenen Blumen darauf.

Pujing beobachtet Enchtyyl. Ein kleines Lachen wächst in ihrem Bauch. Das kleine Lachen wird immer größer. Pujing möchte es hinunterschlucken. Zurückzwingen, aber dann geschieht es: Das Lachen springt aus Pujing heraus, erfüllt die Luft, berührt die Erde und bedeckt selbst Altannar und Zorigt.

Erstaunter Blick, misstrauischer Blick. Pujing möchte mit den Fingern auf Enchtyyl deuten. Lässt es. Zu unhöflich.

Aber, es ist einfach zu komisch. Enchtyyls Kopf sieht aus wie ein Blumentopf. Ein Blumentopf, der wackelt und bebt. Die fransigen Haare wirken wie welke Blätter, das Gesicht, ein Übertopf mit einem schwarzen Sprung und oben darauf, die orangefarbenen Blumen. Altannar nimmt Pujing an den Schultern.

„Hör zu, du Verrückte, willst du uns helfen, die Geräte in die Jurte zu bringen?"

Pujing spürt die Tränen des Lachens auf ihren Wangen. Noch bevor sie mit ihren Händen den kleinen Fluss der

Heiterkeit fortwischen kann, berührt Altannars Zeigefinger die Tränen. Glitzernde Steine sind es, die in der
Sonne funkeln, auf die Steppe fallen und unvergesslich
werden. Pujing schiebt Altannars Hand beiseite. Das
Lachen zu teilen ist etwas Schönes. Die Tränen hingegen möchte sie für sich behalten.
„Ich wollte Alimaa und Enchtyyl meine Stoffe zeigen." Pujing wirft einen schnellen Blick zu Enchtyyl.
Verächtlich blickt diese zurück. Nun gut, in Enchtyyls
Augen hat der Tag bereits genug Schatten geworfen, da
kann sie nun auch diese Chinesenstoffe ansehen.
„Dann gehen wir in die Jurte zurück und du zeigst uns
deinen Flatterkram."
Gönnerhaft nimmt Enchtyyl Pujing am Arm und geht
mit ihr zurück. Schritt für Schritt entfernen sich die
beiden Frauen.
Altannar atmet tief durch.
Auch wenn die Nähe Pujings diese Wärme in ihm
entstehen lässt, das Atmen allerdings fällt ihm dabei
immer schwerer.
„Zorigt, wir müssen uns beeilen, die Stuten müssen
bald wieder gemolken werden." Altannar springt
zurück auf den Wagen. Noch immer stehen dort die
vielen Kisten und die in Plastik eingepackten Geheimnisse. Die Sonne scheint von Westen. Ihre satten,
gelben Strahlen beleuchten das Uran-Togoo-Tulga Gebirge . Die Felsen scheinen zum Greifen nahe. Jedoch,
selbst von hier unten zeigen sie sich unbezwingbar und
gnadenlos. Es ist das Licht, das den Betrachter verführt
und leichtsinnig werden lässt.
Wie eine Geliebte, die verführerisch mit ihren langen
Wimpern zwinkert und dabei das Messer wetzt.
Pujing betrachtet mit Staunen das Schauspiel des

Lichts. Das Gelb ist nun übergegangen in ein tiefes Orange. Enchtyyl zerrt an Pujings Ärmel.

„Was glotzt du nur auf die Steine hier?"

Pujing deutet auf das Bergmassiv. „Siehst du nicht diese Schönheit?"

„Ach was, das sieht immer so aus!" Enchtyyl wirft einen schnellen Blick auf die Felsen. „Nur im Winter ist alles weiß und die Wölfe sind die schwarzen Punkte darin."

Pujing beschließt, sich dieses Wunder zu merken. Vielleicht ist am nächsten Tag Zeit, dieses Erlebnis auf den Stoffen fest zu halten.

„Orange, gelb, beige mit rot und der Himmel mit einem Grau, das nicht trüb ist."

„Was murmelst du da?" Enchtyyl ist, wie viele Nomadenfrauen, mit Geduld ausgestattet. Die halbe Chinesin aber, die rüttelt ganz gehörig an dieser Geduld.

„Ich überlege mir gerade, wie ich die Felsen und das Licht auf den Stoff sticke."

„Dabei kann ich dir nicht helfen." Enchtyyl reibt ihre Hände am Deel. „Mir wird langsam kalt. Ich muss Feuer machen, den Airag schütteln, und das Gebirge hier läuft dir wohl nicht fort."

Pujing wirft einen letzten Blick auf das Uran-Togoo-Tulga Gebirge. Sie seufzt. Ungeduld macht sich in ihr breit. Wozu hat sie sich denn auf Wanderschaft begeben?

In der Jurte sitzt Alimaa noch immer neben der geöffneten Tasche. In gebückter Haltung betreten Enchtyyl und Pujing das runde Zelt.

Pujing erkennt in dem Gesicht des kleinen Mädchens Erleichterung. Erleichterung darüber, dass zwischen Pujing und Enchtyyl so etwas wie der ‚kleine Frieden'

herrscht. „Ich habe auf deine Tasche Acht gegeben!"
Alimaas Wangen leuchten rot vor kindlichem Stolz.
„Danke dir." Pujing setzt sich neben Alimaa, zieht die
braune Ledertasche an sich heran und macht sie noch
weiter auf. Die metallenen Seitenstreben knacksen.
Alimaa erschrickt.
„Gleich ist deine wunderbare Tasche kaputt!"
„Ach was, Alimaa, eine Tasche, die aussieht wie ein
Straßenköter ohne Fell, wird auch so lange leben wie
einer!" Enchtyyl verzieht hämisch ihren Mund. Freu-
de weckt es in ihr, wenn gemeine Worte die schmalen
Lippen verlassen und in Pujings Kopf flattern.
Pujings Hände wühlen in dem großen Ungetüm.
„Ja, ja, Enchtyyl, du hast sicher schon viele Straßenkö-
ter kennengelernt. Gerade hier in der Steppe, wo es so
viele Straßen gibt, nicht wahr?"
Enchtyyl beißt auf ihre Lippen. Schnell ist sie, die
halbe Chinesin. Hat sie doch in Windeseile selbst viele
Worte gesammelt und diese zurückgeworfen. Man
wird sehen, wessen Worte schmerzlicher zu treffen
vermögen. Pujing trifft die Entscheidung.
Ihre Worte sollen sich in der Kehle nicht zu bitteren
Ungetümen zusammen ballen. Nicht von der Zunge
spitz und scharf geschliffen. Geschliffen wie Pfeile, die
durch das Ohr und den Kopf jagen, um dann das Herz,
wie ein erlegtes Schaf, im Schmerze zucken zu lassen.
Pujing gibt ihrer Tasche einen leichten Stoß. Es klappert und klirrt ein wenig aus dem dicken Bauch des
ledernen Ungetümes heraus.
„Hör zu Enchtyyl!" Pujing steht auf, stellt sich neben
Enchtyyl und nimmt den Feuerhaken. „Ich möchte
keinen Streit mit dir!" Pujing öffnet die Klappe des
eisernen Ofens und sticht mit einer geschickten Bewe-

gung in die Glut. Heiß. Rot. Glühend. Pujing schließt
die Ofenklappe. Legt den Schürhaken zur Seite. „Meine Zeit hier bei Euch wird nicht von langer Dauer sein.
Wozu also Streit und Neid?" Pujing dreht sich nun um.
Sieht Enchtyyl in die schwarzen, tiefen Augen. Die
Andere hält still. Überlegt.
Die Stuten hätten bereits vor einiger Zeit gemolken
werden müssen. Der Airag ist nicht oft genug geschüttelt worden. Die Kartoffeln noch nicht geschält. Die
Kiste für den getrockneten Yakdung ist leer. Bald wird
es kalt in der kleinen Jurte. Hungrig werden die Menschen hier zu Bett gehen müssen. Brüllend die Fohlen
am Strick hängen.
Und warum?
Weil Enchtyyl keine Zeit gefunden hat, ihre Aufgaben zu erledigen. Sie wundert sich. All die Zeit haben
ihre Hände wie von selbst diese Dinge erledigt. Heute
ruhen die Hände. Hängen herab. Nutzloses, faules
Werkzeug. Dafür hat die Zunge gearbeitet. Worte an
den Gaumen gedrückt. Ausgespuckt.
„Halbe Chinesin, ich denke, es ist klüger, wenn meine
Hände arbeiten und die Zunge ruht."
Mehr sagt Enchtyyl nicht.
Pujing versteht.
Ein Friedensangebot.
Beide Frauen greifen nach dem Sack mit den Kartoffeln. Jetzt sind es nur die Messer, die sich scharf und
spitz in das Fleisch bohren. Kartoffelfleisch.
„Alimaa, du kannst nun vorsichtig in meine Tasche
greifen und die seidigen Rollen heraus ziehen." Pujing
nickt dem kleinen Mädchen zu.
Alimaas Finger zittern. Zittern wie zarte Schmetterlinge. Sie verschwinden in der großen Tasche, diese

Schmetterlingshände. Tasten in jeden Winkel. Fühlen das poröse Leder. Greifen nach der Holzkiste mit dem Kamm. Erspüren schließlich die Stoffe. Vorsichtig zieht Alimaa die Rollen aus der Ledertasche. Schwer und schillernd liegen sie auf dem Schoß des Mädchens. Stille ist in der Jurte.

Das Knacksen des Eisenofens.

Das Schaben der Kartoffelmesser.

Beide sind zu Brüdern der Stille geworden.

Pujing bricht das Schweigen. Sie flüstert: „Alimaa. du kannst nun alle Rollen auseinandernehmen und die einzelnen Stoffe an die Scherengitter hängen, ja?"

Das Mädchen nickt. Die Frauen schälen die Kartoffeln. Mit jeder Kartoffel mehr wird die Jurte zu einem Platz der Legenden. Der Geschichten. Des Lebens. Geschwind hängt Alimaa eine Bahn der gestickten Bilder an die nächste.

Neben der Türe schmiegt sich die hellgrüne Seide der Geschichte über die spielenden Kinder am Stadtrand. Die Mädchen tragen kleine rote Röckchen, gelbe Kleider und rosafarbene Blusen. Ein buntes Bild.

Hinter dem Platz der Männer flattert das Geschehen vom Markt. Tulga in seiner gebückten Haltung. Sogar seine vielen Falten hat Pujing mit feinen Stichen in sein Gesicht gestickt. Und hier vorne gibt es die Bilder von Mondrose, Tante Wang und all den anderen Frauen aus der Stadt des ‚Roten Helden'. Die Frauen lachen auf diesen Bildern. Lachen mit Traurigkeit in ihren gestickten Augen.

Am Bett von Enchtyyl schimmert die blaue Seide einer geheimnisvollen Mondnacht mit all ihren goldenen Sternen. Über Zorigts Schlafplatz hängt die braune Bahn mit den wild bellenden schwarzen Hunden.

Jochos Hunden. Die größte Bahn klemmt am Dachkranz. Türkis glänzend, grün schillernd. Die Steppe nach einem gewaltigen Regen. Die Jurten, denen der Regen nichts anhaben kann.

Die letzte Bahn liegt auf Alimaas Schoß. Die Geschichte von den rosaroten Schweinen aus der schmutzigen kleinen Stadt. Pujing legt ihre Kartoffel zur Seite. Wischt mit ihren Händen über den Deel.

„Alimaa, dieses Stück möchte ich gerne deinem Vater über den Schlafplatz legen. Das ist das erste Tuch seit Reisebeginn. Ich schenke es Altannar."

„Das fühlt sich so kühl und weich an!" Ehrfürchtig streichelt Alimaa über das Bild der Wolken, der Schweine und den Hunden. „Er freut sich bestimmt. Aber, was sind das für Tiere?"

„Du kennst keine Schweine?" Pujing ist erstaunt.

„Wir haben keine." Enchtyyl räuspert sich. Sie erkennt die Jurte nicht wieder. Es schillert und glänzt in jedem Winkel. Beim kleinsten Luftzug raschelt die Seide. Bläht sich auf. Wird wieder schlank. Anschmiegend. Wellengleich in den blauen Farben des Ozeans. Des großen Meeres, das hier niemand kennt. Fremd und geheimnisvoll sieht sie aus. Die Jurte. Still. Ehrfürchtig still betrachten die zwei Frauen und das Mädchen das Schauspiel aus Bewegung, Erzählung und Farbenzauber.

Alimaa schaut wie gebannt von einer Seite der Jurte zur anderen. Die Bilder leben. Die Mädchen vom Stadtrand scheinen zu springen. Die Hunde zu laufen. Die Sterne funkeln und selbst Tulga spricht zu ihnen. Seine Augen bewegen sich, seine Mundwinkel zucken. Und dann Mondrose. Pujing kann nicht den Blick von ihrem Abbild wenden. Mondrose leuchtet. Leuchtet wie der Mond so hell. Die Wangen schimmern in einem zarten Rosarot und ihr Haar flattert an den Scherengittern. Pujing kann sie fast riechen. Diese langen schwarzen Haare.

Sie kneift ihre Augen zusammen und sucht nach der Trauer in ihren Bildern.

Sie ist nicht mehr zu sehen.

Pujing reibt ihre Augen. Betrachtet noch einmal die Kinder, Frauen, Männer und Tiere. Nur Farbe und Fröhlichkeit. Sie zuckt mit den Schultern. Ihre Haut fühlt sich kalt an. Ihr Herz aber ist warm.

Enchtyyl ist die erste, die das Schweigen unterbricht.

„Halbe Chinesin, deine Bilder sind nicht schlecht. Machen sich gut hier an der Wand."

Gnädig ist sie. Die Enchtyyl. Pujing weiß, ein größeres Lob wird sie nicht bekommen. Nicht von Enchtyyl. Dafür von Alimaa. Das kleine Mädchen hat noch immer nicht gesprochen. Nur die Augen. Ja, die Augen sind es, die den Zauber der Wände erst gefangen halten und dann in die Welt zurück strahlen. Alimaas Augen funkeln im Wettstreit mit der schillernden Seide. Grün, blau, türkis und wieder braun.

Von draußen sind Schritte zu hören. Eilige. Mit festem Auftreten. Altannar ist zurückgekehrt. Die Türe wird aufgestoßen. Schon erscheint sein schwarzer Haarschopf unter dem Türrahmen. Es folgen die Schultern, rechtes Bein und linkes Bein.

„Enchtyyl, ich habe jetzt ..."

Altannar erstarrt. Bewegungslos steht er am Eingang. Dann, eine kleine Regung. Altannar schließt sachte die Türe und schickt so das untergehende Sonnenlicht wieder zurück in die Steppe. Der Tag geht zu Neige. Dunkel glänzend, fast träge bewegt sich die Seide rhythmisch an den Wänden. Es raschelt und knistert.

„Was ist das?" Altannar flüstert.

Er hat das Gefühl, einen Tempel betreten zu haben. Seidige Arme scheinen nach ihm zu greifen. Sanfte Stimmen ihm ins Ohr zu flüstern.

„Das sind meine Bilder!" Klar und fest füllen Pujings Worte den Raum.

„Deine Bilder?" Altannar betrachtet die verschiedenen Motive. Seine Augen haben sich an das dunkle Licht im Inneren der Jurte gewöhnt. „Das hast du genäht?"

Pujing nickt.

„Ganz nett, die Kinder, die Hunde und das andere, das habe ich ihr auch gesagt, aber jetzt müssen wir zurück zur Arbeit. Genug geglotzt!" Enchtyyl klatscht in ihre schmalen Hände, reißt mit viel Geklappere ihren Plastikeimer unter dem Regal hervor und geht zur Türe. Dabei streift sie Altannar.

„Was wolltest du mir eigentlich vorhin sagen?"

Altannar scheint durch sie hindurch zu sehen. Hier in der Jurte ist er für Enchtyyls Begriff jedenfalls nicht.

„Vielleicht fällt es dir morgen oder in einem Monat wieder ein, dann wird es aber zu spät sein." Sie reißt die Türe mit einem heftigen Ruck auf und wirft sie ebenso hart zurück ins Schloss.

Enchtyyl ist wütend.

Eine Hexe ist sie, diese Pujing.

Böse Geister haben sie geschickt. Geister, die den armen Altannar verrückt gemacht haben. Sie überlegt. Einen Tagesritt weiter lebt die alte Orla. Eine Frau, deren Alter schon keiner mehr zu zählen vermag. Faltig ist sie. So runzelig wie eine Kartoffel vom vorletzten Jahr. Die alte Orla schmiert sich ihre Haut täglich mit Hammelfett ein. Sie stinkt und glänzt, die alte Orla.

Aber eines kann sie, die alte Orla: Zauber sprechen. Menschen verwünschen.

Enchtyyl grinst. Sie weiß, was sie nun zu tun hat. Gleich morgen wird sie aufbrechen. Sie atmet tief ein.

Es raschelt hinter ihr. Enchtyyl erschrickt. Zu sehr waren ihre Gedanken bei der alten Orla. Sie dreht sich um. Es ist Zorigt. Der Junge trägt einen großen Kasten in beiden Händen.

„Sieh nur Tante, wir haben einen Fernseher. Morgen stellen wir die Satellitenschüssel dazu auf und schließen die Solaranlage an!"

„Ja, ja, macht nur", murmelt Enchtyyl. „Ich habe morgen Wichtigeres vor", kichert sie leise.

Die Fohlen warten bereits auf Enchtyyl. Die Fliegen sind längst verschwunden. Kühl ist es geworden. Hier hinten bei den Pferden. Enchtyyl schnalzt mit der Zunge. Wo der Junge nur wieder bleibt.

„Zorigt, du musst die Stuten holen!" Ein Schatten taucht auf. Wird immer länger. Immer breiter. Altannar ist gekommen.

„Was ist mit deinem Sohn?" Enchtyyl kann Altannar nicht ins Gesicht sehen. Trotz der Dunkelheit hat sie Angst, er könnte ihr Vorhaben von ihrem Gesicht ablesen. Tief beugt sie sich zu dem langen Strick der Fohlen hinunter.

„Zorigt verstaut mit Alimaa und Pujing die Vorräte. Ich werde die Stuten holen. Das Reiten wird mir gut tun." Altannar geht zum Ende der Leine, löst den Zügel des roten Pferdes und schwingt sich in den Sattel. Gut, dass das Reitpferd der Nomaden den ganzen Tag gesattelt bleibt.

Altannar schwankt bei den ersten Schritten. Dann fühlt er die Bewegung des Pferdes unter sich und passt sich ihr an. Das Pferd schnaubt. Wird schneller. „Tschu, tschu!" Altannar treibt den Roten an. Klopft mit der langen Leine an die Flanken des Pferdes.

Die Beine des Pferdes wirbeln über die Steppe. Der Boden ist weich. Dumpf hallen die galoppierenden Hufe über die unendliche Weite. Altannar genießt die Geschwindigkeit. Er steht in seinem Sattel und hält das Gesicht in den kühlen Wind, Die Stuten sind noch immer nicht zu sehen. Altannar zieht leicht am Zügel. „Drrr, Roter, langsam." Das Pferd fällt zurück in Schritt. Geht ein Stück gemächlich über einen flachen Grashügel. Bleibt stehen. Altannar lauscht in den Wind. Versucht herauszuhören, wo die Herde sein kann. Er wendet den Roten. Blickt angestrengt Richtung Gebirge.

Langsam schleicht sich Sorge in sein Herzen. Noch nie waren die Stuten so weit von ihren Fohlen fort gelaufen.

Der Rote wird unruhig. Fängt an mit seinem Kopf zu schlagen. Stampft mit den Hufen. Schaum tropft von seinem Maul.

Altannar greift an den Hals des Tieres. Er erschrickt. Kalter Schweiß bedeckt den Hals des Pferdes. Er fühlt die Brust des Roten. Auch nass! Altannar leckt über seine Finger. Das Salz des Nomaden.

„Ruhig Roter, drrr, was spürst du, was ich nicht erkennen kann?" Der Rote spitzt die Ohren. Richtet seinen Kopf nach rechts. Altannar hält seinen Atem an. Die Zeit steht still. Nur das Schnauben des Pferdes ist zu hören.

Plötzlich sieht Altannar einen schwarzen Punkt.

Nein, es ist nicht nur einer.

Altannar klopft das Pferd am Hals. Zählt die Punkte.

Fünf. Es sind fünf Punkte, ziemlich weit weg. Das Tier
fängt an zu tänzeln.
Nicht die Stuten laufen dort draußen.
Nein. Wölfe.

Pujing steht vor der Jurte. Der Himmel ist schwarz.
Tiefschwarz. Kein einziger Stern ist zu sehen. Auch
der Mond ist nicht am Firmament zu erkennen. Wolken, scheinbar noch dunkler als schwarz, ziehen langsam vorüber. Schleichend und schwer. Samtschwer.
Kein Licht kann diesen Himmelssamt durchdringen.
Ein heller Schein fällt durch den geöffneten Dachkranz
der Jurte nach draußen. Ein kleines Aufflackern in der
dunklen Nacht. Ein Rebell aus Licht, der sich aus der
Jurte gestohlen hat.
Pujings Augen gewöhnen sich langsam an das Dunkel.
Jetzt kann sie die Pferde erkennen. Noch immer stehen
sie an dem Strick gebunden. Keines der jungen Pferde
liegt. Unruhig schlagen sie mit ihren Beinen. Zerren an
der Leine. So manch eines wiehert in hohen schrillen
Tönen in die Steppe hinaus.
Hat Altannar nicht erzählt, dass bei Einbruch der Nacht
die Jungtiere zu ihren Müttern gehen dürfen? Da. Ein
Schatten. Enchtyyl. Die andere Frau huscht soeben
zwischen den beiden letzten Fohlen hindurch.
„Enchtyyl!" Pujing ruft leise nach der, die auch bei
Helligkeit betrachtet schattengleich wirkt. Unantastbar.
Konturlos. Schnell.
Es raschelt und klappert.
Pujing fühlt Unheil über ihren Rücken kriechen. Kalt
und klamm ist es. Das Unheil. Wenn es nur bei dem
Unheil am Rücken bliebe! Nein, ein weiteres Unheil
kommt von vorne auf sie zu.

Enchtyyl ist auf dem Weg zu ihr. Schwer atmend kommt sie vor Pujing zum Stehen.

„Was ist geschehen?" Pujing tritt einen Schritt zurück. Enchtyyl macht ihr Angst. Ihre Augen sind wild geweitet. Das Gesicht verzerrt.

„Ich weiß nicht", wispert Enchtyyl und keucht. „Altannar ist noch nicht zurück. Die Herde muss weiter gezogen sein. Das hat sie noch nie getan."

Pujing überlegt.

Gut, Altannar und die Herde scheinen verschwunden, aber in der Weite der Steppe können weder Tier noch Mensch verloren gehen, es sei denn ...!

„Enchtyyl", Pujing legt ihre Hand auf die Schulter der aufgeregten Frau, „wir warten noch ein wenig und achten auf die Laute um uns herum, dann machen wir einen Plan, ja?" Pujing hat keine Idee, wie solch ein Plan aussehen soll, aber Enchtyyl scheint beruhigt.

„Ja, das ist eine gute Idee."

Enchtyyl hat das Gefühl, ein großes Stück der schweren Erde sei soeben von ihrem Herzen auf den Boden gefallen. Froh ist sie. Beruhigt, dass eine andere mit ihr die Sorge teilt. Auch wenn die andere nur Pujing ist.

Die Frauen halten still.

Der Wind lässt die äußere Hülle der Jurte flattern. Kleine, knallende Laute verlieren sich in der Dunkelheit und Weite der Steppe. Da. Licht fällt auf die Erde. Ein rechteckiges Stück Helligkeit vor der Türe. Zorigt schiebt seinen Kopf aus der Öffnung.

„Ist Vater noch nicht zurück?" Angst hat sich in seine Stimme geschlichen. Sein sonst so starkes Sprechen ist schwach geworden. Fast so, als hätte die Angst an den Konturen seiner Worte gefeilt. Hätte sie ausgewaschen und zittrig gemacht.

Enchtyyl ist es, die den Jungen Mut macht. „Du kennst doch deinen Vater. Kaum ist er einige Zeit fort gewesen, dann packt ihn das Fieber der Weite. Er reitet wohl wieder verrückter als der Wind zwischen den Pferden umher, oder, was meinst du?"

Zorigt weiß nicht, was er glauben soll. Wahrscheinlich kennt die Tante den Vater besser als er selbst. Wenn nur der Wind nicht so um die Jurte jagen würde. Wie ein Wolf klingt sein Heulen. Unschlüssig steht Altannars Sohn in dem hellen Fleck.

„Zorigt", Pujing schiebt den Jungen sanft zur Türe zurück, „bleib drinnen und kümmere dich um den Ofen. Achte darauf, dass sein Feuer nicht erlischt!"

Zorigt nickt. Die Türe schließt sich langsam. Der helle Fleck wird schmaler und schmaler. Bis er verschwunden ist. Die Dunkelheit liegt wieder auf seinem Platz.

„Wo kann Altannar hingeritten sein?" Pujing spürt nun auch den Schmerz der Sorge. Es gelingt ihr nicht mehr, klar zu denken. Nebel ist in ihrem Kopf. Dicht und zäh setzt er sich in die Ecken ihres Gehirns. Jeder Anfang eines Gedankens wird mit einem grauen Schleier verklebt.

Pujing zwickt sich kräftig in den linken Arm. Das tut weh. Sie ist froh über den kurzen heftigen Schmerz. Hat er ihr doch gezeigt, dass sie trotz der Furcht noch existiert. Plötzlich ist er da. Ein kleiner Gedanke. Er hat sich durchgemogelt zwischen all dem klebrigen Kopfnebel.

„Was ist mit den Hunden? Schlagen die nicht an, wenn Gefahr droht?" Die Dunkelheit verhüllt Enchtyyls Gesicht. Unscheinbar und unauffällig wie ein Busch vom Straßenrand steht sie noch immer an der gleichen Stelle. Sie lauscht in die Richtung, in die Altannar geritten war. Nomadenfrauen sehen es als Entscheidung der Wegegeister, wenn ihre Männer nicht mehr zurückkehren.

Wegegeister oder lockende Frauen aus der Stadt. Eines von beiden ist es immer, wenn Frauen und Kinder alleine in der Steppe bleiben.

Jedoch, die lockende Frau steht neben ihr und die Wegegeister wurden doch stets gnädig gestimmt. Enchtyyl seufzt. Wahrscheinlich hat Altannar nicht jeden Oowoo gebührend umrundet. Pujing gibt Enchtyyl einen kleinen Stoß.

„Hast du mich nicht gehört, was ist mit den Hunden?" Enchtyyl dreht sich zu Pujing. Die halbe Chinesin steht vor ihr. Zu sehen ist sie kaum. Die Wärme ist es, die Enchtyyl spürt. Pujings Körper glüht.

„Die Hunde", Enchtyyl blickt zur Jurte, „also, die Hunde, sie sind alt und träge. Die Ohren hören nicht . Die Augen sehen nicht. Die Nase riecht nicht. Hätten wir sie in den Kochtopf stecken sollen, hä? So wie ihr Chinesen?"

Pujing spürt Übelkeit. Sie kommt von ganz weit unten, diese Übelkeit. Steigt nach oben und möchte sich mit Gestank und Schleim über Enchtyyls ungerechte Worte ergießen.

„Ich war noch nie in China und Hunde sind mir auf der Seide lieber, als im Kochtopf!" Pujing ist müde. Schwer liegen die Lider über den Augen. Warum nur springt Enchtyyl ständig von einer Seite zur anderen. Mal ist sie Gefährtin, dann wieder Feindin. Hat sie noch eben die Sorge um Altannar vereint, so hat sie die gleiche Sorge auch wieder getrennt.

Enchtyyls Schatten wird kleiner. Sie kniet auf dem Boden. Ein Bein aufrecht nach vorne gestellt. Ihr Kopf

ruht auf dem Knie. Die Haltung des Nomaden. No-
madenstellung wenn er beobachtet, jagt oder ruht. So
auch Enchtyyl.
„Wo ist nun, dein Plan?" Scharf soll er sein. Der Ton.
Ist er aber nicht. Zarte, hohe Laute haben sich eingeschlichen. Angstvoll sind sie. Diese Laute. Pujing zieht
ihren Kopf zwischen die Schultern. Verstecken möchte
sie sich. Verbergen vor den Fragen Enchtyyls.
„Wir warten bis Sonnenaufgang, ja, genau, das machen wir." Pujing ist froh. Zufrieden. Der Plan ist da.
„Was soll das heißen? Bis Sonnenaufgang?" Enchtyyl
springt auf. „Wir haben hier hungrige Fohlen. Kleine
Kinder und eine Menge Pferde, die wie verschluckt
sind. Die Steppe ist gnadenlos, das weiß ich, aber noch
nie hat sie ihr Maul geöffnet und eine Herde Pferde
verschlungen!"
„Jetzt hat sie es vielleicht." Pujing fühlt sich ruhig.
Frieden ist in ihr. Sie weiß, Altannar wird zurückkeh-
ren. Enchtyyl blickt in die Dunkelheit.
Die Angst wird größer. Umschließt ihr Herz. Ihren
Bauch. Die Arme. Die Beine. Kalt ist sie. Die Angst.
Die alte Orla fällt ihr ein. Soll das nun die Strafe sein?
Die Strafe dafür, dass sie Pujing durch Orlas Zauber
verjagen wollte?
Enchtyyl beobachtet Pujing. Die halbe Chinesin sieht
aus wie immer. Sollte sie aber doch einen so großen
Zauber besitzen, dass Altannar und Hunderte von
Pferden einfach weggepustet werden? Weggeweht.
Verschluckt. Enchtyyl weint.
Warum nur hat sie ihre Gedanken zur alten Orla ge-
schickt. Jetzt ist es da. Das Unglück.
Nicht Pujing, sondern Altannar und die Pferde sind
fort. Ein Fehler hat sich eingeschlichen.

Die Nacht in der Jurte. Pujing liegt neben Alimaa auf einer warmen dicken Schafdecke. Ruhig ist es in der Dunkelheit. Alimaa und Zorigt schlafen. Endlich. Stundenlang haben die beiden geweint. Tränen, so viele, dass eine Tasse davon gefüllt werden hätte können. Enchtyyl hat die Kinder in ihren Armen gehalten. Sie geschaukelt. So lange, bis die Augen der Zwei zugefallen waren. Noch immer liegt der salzige Glanz der Tränen auf den runden Wangen der Kinder. Licht fällt durch den Dachkranz.

Pujing dreht sich leise zu Alimaa. Das Mädchen atmet ruhig. Der kleine Mund mit den spitzen Lippen murmelt im Schlaf unverständliche Worte. Pujing sucht nach Alimaas Händen. Sie tastet unter der dicken Decke nach den schmalen Fingern. Verkrampft liegen Alimaas Hände an ihren Bauch gedrückt. Sachte streichelt Pujing über die geballten Fäuste. Langsam öffnen sich die Kinderhände. Der innere Kampf des kleinen Mädchens hat wohl einen Waffenstillstand beschlossen.

Pujing wirft einen Blick auf Zorigt. Still und fast starr liegt der Junge auf dem Lager seines Vaters. Angespannt wie ein Bogen. Ein Bogen, dessen Pfeil das Ziel im Visier hält. Pujing legt sich auf ihrer Schlafstatt zurück. Ihr eigener Schlaf möchte nicht kommen. Wie anders hingegen Enchtyyl.

Kaum hat Altannars Schwester ihren Kopf auf das Polster sinken lassen, schon war diese eingeschlafen. Pujing seufzt. Der Schlaf. Wo er sich wohl herumtreibt? Hat dieser Schlaf Pujing etwa übersehen? Nicht bemerkt? Weil sie sonst auch nicht in der Jurte liegt. Sie hätte den Schlaf vielleicht durch Räucherwerk und Opfergaben auf sich aufmerksam machen müssen. Jetzt ist es zu spät. Wahrscheinlich ist der Schlaf längst schon über die Steppe gewandert. Ein Wanderer der tiefen Nacht. Pujing dreht sich auf den Bauch.

Die Laute in der Jurte und draußen vor der Türe sind immer die gleichen. Das Schlagen der Filzmatten an die Scherengitter, das Prusten der jungen Pferde, das Knacksen des Ofens. Dann das Schnarchen.

Enchtyyl schnauft, prustet und keucht, als möchte sie den nächsten Tag nicht mehr erleben. Aus weiter, weiter Ferne hört Pujing ein Heulen. Vielleicht ist es der Wind. Langsam fallen auch Pujings Augen zu. Der Schlaf ist wohl zurückgekehrt. Langsam Schritt für Schritt führt er Pujing an einen anderen Ort. Fort von der Jurte. Fort von Alimaa.

Doch dann. Er stolpert. Der Schlaf. Verliert Pujing. Diese zappelt noch an dem langen Arm des Schlafs, bis sie unsanft erwacht. Etwas ist verändert. Pujing setzt sich auf. Wirr ist ihr Kopf. Ein eigenartiges Geräusch ist zu hören. Sie lauscht. Steine. Wie das Fliegen und Rumpeln vieler Steine. Vielleicht ein Erdbeben.

Schnell springt Pujing von ihrem Lager. Das schwache Licht des Ofens zeigt ihr den Weg zur Türe. Pujing legt ihr Ohr an das Holz. Sie lauscht.

Das Dröhnen kommt näher. Pujing möchte ins Bett zurück springen, die Decke über den Kopf ziehen und nicht denken müssen. Aber zu spät. Sie hat bereits zuviel gedacht. Leise öffnet sie die Türe. Einen kleinen Spalt nur. Späht hinaus. Es ist nichts zu sehen. Der Laut der schlagenden Steine wird leiser.

Pujing schiebt die Türe ein kleines Stück weiter auf. Jetzt kann sie ihren Kopf hinausstrecken. Ihre Augen gewöhnen sich an die schwarze Nacht. Ist dort nicht ein Schatten? Nein, viele Schatten sind es. Gleichmäßig bewegen sich die Schatten in ihre Richtung. Pujings Herz macht einen Sprung. Altannar ist zurückgekehrt. Und mit ihm die Herde.

„Drrr!" Altannar zieht sachte am Zügel. Der Rote schwitzt. Schweiß läuft dem Pferd über die Flanken. Schweiß glänzt auch auf Altannars Gesicht. Mit beiden Händen wischt er über die heiße, nasse Haut. Spuckt aus. Auf den Boden. Erst jetzt bemerkt Altannar die dunkle Gestalt Pujings.

„He, was machst du da?", ruft er leise und geht mit dem Tier am Zügel langsam zu Pujing. Jeder Schritt schmerzt in seinen Beinen. Jeder Schritt erinnert ihn an die letzten schrecklichen Stunden.

„Komm, gib mir das Pferd!" Pujing war zu ihm geeilt und greift nun nach dem Zügel. Glitschig und nass ist es, das Leder. Pujing schüttelt sich innerlich. Wie eine lange, dünne Schlange fühlt sich der Zügel an. Altannar lässt sich auf den Boden sinken. Den Kopf in die Hände gelegt. Tief und lang atmet Altannar.Mit jedem Atemzug fühlt er sich wieder wacher und lebendiger. Pujing streicht dem Roten über das Fell. Auch er scheint sich beruhigt zu haben. Das Pferd und sein Reiter. Beide atmen die Anstrengung weit in die Steppe hinaus. Zurück bleiben zwei Hüllen. So wie zwei Gefäße, die mit Zuversicht und Freude gefüllt werden wollen. Pujing kniet sich neben Altannar auf den Boden. Berührt leicht seinen Schenkel.

„Was ist dort draußen geschehen?"

„Morgen, morgen, Pujing werde ich dir alles erzählen." Altannar steht auf. Klopft die Erde von seinem Deel.

„Kannst du bitte dem Roten Wasser geben und die Fohlen von der Leine lassen?"

Pujing nickt.

„Sind alle Stuten mit dir zurück gekommen?"

Altannar schüttelt den Kopf. „Ein paar der Fohlen werden ohne ihre Müttern bleiben!"

Pujing erschrickt. Kein Wort kommt über ihre Lippen. Falsche Wörter wären es wohl. Wörter die Fragen stellen würden. Böse Fragen. Die Türe schließt sich hinter dem Mann. Pujing ist mit den Pferden alleine.

Mit raschen Bewegungen streift sie dem Roten das Zaumzeug und den Sattel ab. Aus dem Wasserfass holt sie einen Eimer voll für das Pferd. Gierig schlürft es das kühle Nass. Die Herde wird zu den Wasserlöchern ziehen müssen, um ihren Durst zu löschen.

Pujing hat das Gefühl, die Umrisse der Tiere besser erkennen zu können. Hell zieht es langsam über den Horizont. Der neue Tag ist angebrochen. Pujing läuft hinter die Jurte zu den Jungtieren. Alle Fohlen stehen. Unruhig ziehen sie an der Leine.

„Ich komme schon", murmelt Pujing und löst den Strick eines jeden Pferdes von der langen Leine. Die Fohlen laufen eines nach dem anderen zur Herde. Traurigkeit fühlt Pujing in sich. Mit jedem Fohlen, das laut schreiend und angstvoll suchend zwischen den großen Pferden umherläuft, wird diese Traurigkeit größer. Drei Fohlen sind es, die ihre Mütter nicht finden. Pujing spürt die Tränen über ihre Wangen laufen. Wie kann Altannar schlafen gehen, wenn drei seiner Fohlen keine Nahrung finden? Sie versteht ihn nicht. Die Herde zieht langsam weiter. Mit ihr die verwaisten jungen Pferde. Pujing blickt ihnen nach, bis sie nur noch wie viele winzige Punkte am Horizont aussehen.

In der Jurte schlafen noch alle.

Pujing geht langsam von einem Schlafenden zum anderen. Beobachtet. Hier der lange Zopf von Alimaa. Dort der schmale Arm von Zorigt. Dahinter der gekrümmte Körper von Altannar. Weiter vorne das spitze Gesicht von Enchtyyl. Lang, schmal, gekrümmt und spitz.

„Eine eigenartige Familie, in die ich gekommen bin", flüstert Pujing und greift zu ihrer Ledertasche. Pujing ist müde. Dennoch.

Ein Kribbeln bewegt sich in ihrem Bauch. Zupft und hüpft. Das Kribbeln.

Leben bringt es in Pujing. Das Kribbeln und Zupfen. Sie weiß, was sie nun zu tun hat. Sticken und Nähen.

Leise, mit der Tasche in der Hand, schleicht sie nach draußen. Die Helligkeit ist mehr geworden. Gerade gut genug, um die Farben der Stoffe und Garne erkennen zu können. Pujing öffnet die Tasche und zieht einen braunen Stoff heraus. Mit zusammengekniffenen Augen hält sie den Stoff ins Tageslicht.

Gleich der Steppe soll er sein, der Stoff für die Menschen und Tiere. Nein. Zu dunkel.

Pujing sucht weiter. Hellbraun mit gelb und ein bisschen grün. Danach sucht sie. Ein Stück Stoff neben dem anderen liegt auf der Erde.

Der richtige Ton ist nicht dabei.

Pujing überlegt.

Sie wird verschiedene Stoffe auseinanderschneiden und neu zusammenfügen. Dazu braucht sie ihre Nähmaschine.

Leise geht sie zurück zur Jurte. Öffnet die Türe. Noch immer schlafen alle. Die Nähmaschine steht neben dem Ofen. Ein schneller Griff, eine Bewegung und Pujing ist wieder vor der Jurte.

Froh ist sie. Froh über die Stille und ihre Einsamkeit. Pujing sucht nach dem richtigen Faden.

Hebt mal die eine Spule hoch, dann wieder die andere.

Grün. Genau richtig, um die Steppe und ihre Hügel zusammen zu nähen. Mit flinken Fingern zieht Pujing den Faden und die Garnrolle durch Ösen, Haken und Öhr. Jetzt fehlt nur noch der richtige Platz.

Pujings Blicke suchen nach einem Holzbrett, einer Tonne, oder einem großen Kanister. Nichts zu sehen.

Der Lastwagen. Pujing muss nun doch grinsen.

Zu komisch ist der Gedanke, Aber warum nicht.

Eilig packt sie Stoffe und Garne zusammen, klemmt die Nähmaschine unter den rechten Arm und marschiert zu dem großen Ungetüm.

Einfach ist es nicht, auf die Ladefläche zu klettern.

Mit viel Kraft und ein wenig Geschicklichkeit ist es geschafft. Pujing sitzt auf der Ladefläche. Das hochgeklappte Seitenteil muss als Tisch herhalten. Der Sitz ist eine zusammengeknüllte Plastikplane.

Pujing ist glücklich.

In ihrem Kopf tanzt der wahre Farbenrausch.

Mit der Schere schneidet sie die Konturen der Steppe aus dem hellbraunen Stoff, die Hügel aus dem grünen und das Stück Land am Horizont aus dem gelben.

Dann näht sie den Grashügel an die Steppe. Flink bewegt sie mit den Füßen das Pedal. Pfeilschnell sticht die Nadel in den Stoff. Fertig.

Nun das gelbe Stück Stoff. Wieder sticht die Nadel in den seidigen Untergrund. Die Kurven der Landschaft sind auf das Stück Stoff gebannt. Gelb und Grün an das helle Braun geschmiegt.

Jetzt beginnt die eigentliche Arbeit. Mensch und Tier warten darauf Leben auf die Seide zu bringen. Pujing erschrickt. Ein Scharren an der Holzklappe bringt sie zurück.

Enchtyyl.

Neugierig steht die Andere am Wagen. Reicht Pujing eine Schüssel salzigen Tees.

„Was wird das?"

Pujing schließt die Augen. Schlürft aus der Schüssel. Warm und salzig rinnt der Tee ihre Kehle hinab. Enchtyyl wartet. Wartet auf die Antwort. Auf eine Antwort zu warten, kann genau so lang dauern wie das Warten auf Regen oder Sonne. Nicht bei Pujing.

„Ich nähe ein Bild über das Leben hier."

Enchtyyl nickt. „Gut, dann nähe. Wir haben Glück, dass Altannar zurück ist, sonst hättest du dir sein Garn sparen können."

„Dann könnte ich auch nicht nähen." Pujing sucht nach den Farben für die Pferde. Die Jurte. Die Familie. Sie beginnt mit den Pferden. Schwarz. Grau. Braun. Beige. Weiß.

Mit geschickten Stichen entsteht ein winziges Pferd nach dem anderen. Körper. Hals. Kopf. Vier Beine. Ein paar Stiche in einer anderen Farbe für den Schweif und die Mähne. Die Herde wird immer größer.

Pujing spürt keinen Hunger. Nicht die steigende Hitze des Tages.

Enchtyyl ist schon lange wieder fort gegangen. Pujing ist ihr unheimlich geworden. Sie hat Angst vor der kleinen halben Chinesin. Angst vor der, die mit schnellen Fingern Leben erwecken und auch wieder aus dem Stoff reißen kann. Vielleicht hat Pujing die Wölfe in den Stoff gestickt und dann waren die Bestien über Nacht gekommen. Wer weiß?

Enchtyyl hat beschlossen, Räucherwerk anzuzünden und den Besuch bei der alten Orla zu verschieben. Zu viele Gedanken muss sich Enchtyyl erst noch machen.

Pujing ahnt nichts von den Ängsten der anderen Frau.

Alimaa, Zorigt, Enchtyyl, Altannar. Sie alle leben auf
der kühlen, raschelnden Seide. Alimaa steht neben der
Jurte. Mit feinen schwarzen Stichen hat Pujing die
Zöpfe des Mädchens auf der Seide verewigt. Alimaa
trägt ein buntes Kleidchen und streichelt das dicke
Schaf. Zorigt darf auf seinem Roten den Stoff beherr-
schen. Dem Jungen hat Pujing den ganzen Stolz in das
kleine Gesicht genäht. Selbst die schmalen Augen und
die etwas zu breite Nase hat Pujing mit viel Geschick
auf der Seide festhalten können.
Altannars Gestalt ist nicht gleich zu finden. Ihm hat
Pujing einen Platz zwischen den vielen Pferden gege-
ben. Auch er sitzt auf einem Pferd. Dem grauen Pferd.
Dem Pferd, das weggelaufen war.
Pujing findet, dass Altannar gut zu dem Grauen passt.
Sie hofft auf sein Zurückkommen.
Für Altannars Figur braucht Pujing am längsten. Immer wieder möchte sie die Nadel vorsichtig durch seine Gestalt hindurch stechen. Mal ist sie mit dem Blick
seiner Augen nicht zufrieden, dann ist es das Lächeln.
Immer wieder schließt Pujing die Augen und holt sich
Altannar in den Kopf zurück.
Aber, es gibt zu viele Altannars. Zornige, traurige, lachende Altannars. Pujing seufzt. Pujing überlegt. Dann
kommt ihr die Idee.
Sie stickt den Altannar, der von den Wölfen zurückgekehrt war. Den mit den Händen vor dem Gesicht
und der Erschöpfung, die ihn wie ein schwerer Mantel
umgab.
Enchtyyl hingegen ist nicht schwer zu nähen. Der Platz
ist es, den Pujing für sie nicht finden mag. Nicht an
der Jurte. Nicht bei den Pferden. Nicht in der Nähe der
Kinder soll sie stehen. Die arme Enchtyyl muss nun

auf Reisen gehen. Nur ihr Rücken und das komische
Kopftuch sind zu erkennen. Auf der Seide ist Enchtyyl
schon eine ganze Weile unterwegs. So klein ist sie gestickt. In der rechten Hand trägt sie einen Kanister mit
Airag und in der linken die große, braune Ledertasche,
die Enchtyyl so verhasst ist. Mit jedem Stich, den ihre
fleißigen Finger ausführen, muss Pujing mehr lachen.
Es ist einfach zu komisch.

Wenn nur Enchtyyl die Seide nicht findet. Wahrscheinlich würde die Andere laut kreischend den Stoff
zerreißen.

Pujing streckt sich auf ihrem Sitz aus Plastikplanen.
Ihre Schultern schmerzen. Die Finger sind zerstochen.
Aber Pujing ist zufrieden. Sie steht auf. Schüttelt ihre
Beine. Dehnt den Rücken. Blickt zu den jungen Pfer-
den.

Soeben sind Altannar, Enchtyyl und die Kinder dabei,
die Stuten zu melken. Altannar hat sich wohl von seinem Abenteuer erholt. Leise dringen die Stimmen der
kleinen Familie zu Pujing hinauf. Sie war so vertieft
in ihre Arbeit, dass sie das Treiben um sie herum nicht
bemerkt hatte. Noch immer steht Pujing hoch oben
auf dem Anhänger des Wagens. Da, eine kleine Bewegung in der Ferne sucht ihre Aufmerksamkeit. Pujing
legt ihre Hände über die Augen, um besser sehen zu
können. Ein großer grauer Punkt und ein kleinerer hell-
brauner. Ein ganzes Stück entfernt. Fast könnte man
meinen, die beiden Punkte seien Felsen. Aber es gibt
keine Felsen, die sich bewegen. Pujing fühlt ihr Herz
schneller klopfen.

Altannar. Sie muss Altannar holen. Schnell klettert sie
von dem Anhänger hinunter. Bleibt an einem Nagel
hängen. Leise fluchend zerrt sie an ihrem Deel. Schon

ist es passiert. Ein Stück ihrer Kleidung bleibt an dem langen Nagel hängen. Pujing hat keine Zeit, sich darum zu kümmern. Sie muss Altannar finden. Eilig läuft sie hinter die Jurte zu den Pferden.

Soeben bindet Enchtyyl mit Alimaas Hilfe die Fohlen wieder an die lange Leine. Neben den jungen Pferden steht der gut gefüllte Kanister mit der frischen Stutenmilch. Durst verspürt Pujing bei dem Anblick des schäumenden Getränkes. Aber dieses Gefühl schiebt sie zur Seite. Keine Zeit.

„Alimaa, sag mir bitte, wo dein Vater ist!", ruft sie dem Mädchen entgegen.

Alimaa winkt. „Er ist in der Jurte. Umziehen."

Pujing dreht sich um und läuft zurück. Enchtyyl schüttelt den Kopf.

„Was ist wohl so Eigenartiges passiert, dass unsere Näherin von ihrem Wagenplatz springen musste?" Alimaa schüttelt den Kopf. „Soll ich nachsehen, Tante?"

„Nein, das mache ich selbst!" Enchtyyl wischt ihre Hände an der Schürze ab. Bindet das lange Haar zurück und macht sich auf den Weg zum Wagen. Missbilligend betrachtet sie das Stück Stoff, dass Pujing aus ihrem Deel gerissen hatte. Dann klettert sie so geschwind wie eine Katze auf den Wagen.

Wie es hier oben nur wieder aussieht. Die roten, grünen, orangen und blauen Garnrollen liegen auf dem Boden. Seide in den hellen Erdtönen flattert leicht im Wind über die Holzplanken. Die verhasste Ledertasche steht geöffnet neben der Nähmaschine. Nur das bestickte Stück Stoff liegt ordentlich auf der gekippten Ladefläche.

Enchtyyl ist neugierig. Sehen möchte sie nun, was die halbe Chinesin in den letzten Stunden in die Seide gesticheit hat. Mit ihren langen, dünnen Fingern breitet sie die Näharbeit auf dem Boden aus. Kniet daneben. Beugt den Rücken. Schön sind sie geworden, die Pferde und die Kinder. Auch die Jurte leuchtet weiß strahlend auf der Seide.

Enchtyyls Augen suchen. Suchen Altannar und ihre eigene Figur. Glaubte sie vor einem winzigen Moment noch, sich selbst und den Mann vertraulich nebeneinander stehend zu finden, so fühlt sie sich nun getäuscht.

Altannar sitzt auf dem Grauen, den noch nie jemand geritten hat, und sie selbst verlässt soeben den unteren Teil des Stoffes.

Wandert davon.

Marschiert mit dieser furchtbaren aufgeblähten Tasche durch die Steppe.

Enchtyyl schnaubt.

Die Wut lässt sie wie einen zornigen Yakstier aussehen. Sie möchte Pujing am liebsten mit diesem Stoff den Hals zudrücken. Die Luft aus dem Leib der Näherin herausdrücken. So lange, bis diese wie ein toter Hammel am Strick baumelt.

Enchtyyls Finger bohren sich in die Seide.

Aber wo ist Pujing?

Wo hat sich diese unverschämte Näherin hingestickt?

Enchtyyls Augen suchen. Sie finden nicht den Platz, der für Pujing gedacht ist. Enchtyyl beugt sich über die Nähmaschine.

Aha! Ein roter Faden ist eingezogen. Wahrscheinlich hat die halbe Chinesin ihre Arbeit nur unterbrochen, um Altannar schöne Augen zu machen.

Enchtyyl legt die Seide wieder zusammen. Sie beschließt, zu warten. Warten, beobachten.

Beinahe bleibt auch Enchtyyls Deel an dem Nagel hängen. Vorsichtig schiebt sie ihren Oberkörper an dem spitzen Nagel vorbei. Der Stoff von Pujings Deel hängt noch immer daran. Enchtyyl überlegt nicht lange. Schnell zieht sie das ausgerissene Stück herunter und steckt es in ihre Tasche. Möglich, dass sie es für die alte Orla noch brauchen kann.

Enchtyyl kann gerade noch das hämische Grinsen von ihrem Gesicht verschwinden lassen, als Pujing mit Altannar an der Hand um den Lastwagen gelaufen kommt. Enchtyyl kneift ihre Augen zusammen. Diese dumme Näherin wird immer dreister!

Pujing winkt aufgeregt.

„Enchtyyl, schnell. Wir müssen auf den Wagen!" Pujing zieht sich an der Seite der Ladefläche nach oben. Altannar folgt ihr.

Enchtyyl möchte wissen, was Pujing so Interessantes zu zeigen hat. Einen Atemzug später steht auch sie neben Altannar und Pujing auf der Ladefläche.

„Hier hinten, seht ihr?" Pujing deutet in die Richtung des Uran-Togoo-Tulga Gebirges. Rot leuchten die Wangen der jungen Frau. Schweiß rinnt ihr von der Stirn.

„Da - die beiden Punkte!"

Altannar und auch Enchtyyl blicken in die gezeigte Richtung.

„Das sind doch die Felsen, Pujing!" Altannar kann nichts Außergewöhnliches erkennen.

„Ich glaube, da ist etwas." Enchtyyl hat gute, scharfe Augen. Geieraugen. Gnadenlos auf das Opfer fixiert.

„Es bewegt sich!" Altannar kann es nicht glauben. Felsen, die sich bewegen?

„Was kann das sein?" Pujing hat das Gefühl, als fließe

eiskaltes Blut durch ihre Adern. Enchtyyl genießt den
Moment der Unwissenheit der beiden. Wie kleine Kinder, denen man alles erklären muss, denkt sie. Dabei
müssten Altannar und Pujing nur ihre Augen ein wenig
mehr anstrengen. Viel Möglichkeiten gibt es in der
Steppe nicht. Entweder Mensch oder Tier.
„Dort hinten steht", Enchtyyl macht eine Pause, „der
graue Hengst und die braune Wölfin. Die, der ein Bein
fehlt!"

Pujing liegt in Alimaas Schlafstätte. Die Nachmittags-
sonne wirft ihre satten Strahlen durch den Dachkranz
in die Mitte der Jurte. Pujing schließt ihre Augen. Die
Müdigkeit hat sich wie eine nasse Schafsdecke über
ihren Körper gelegt. Schwer und drückend. Sie seufzt.
An Schlaf ist nicht zu denken. Alles sträubt sich in ihr,
dem Druck der Schwere nachzugeben. Sie richtet ihr
Augenmerk auf die vielen Fliegen. Laut brummend
fliegen die fetten, lästigen Insekten an die Filzmatten.
Immer wieder treffen zwei aufeinander. Ein hyste-
risches Schwirren und der Liebesakt der Fliegen ist
vorüber.
Pujing denkt kurz an Altannar. Für längeres Nachdenken fehlt ihr der Platz im Kopf. Alle Türen des Gehirns
sind verschlossen. Verrammelt. Verbarrikadiert. Ganz
vorwitzige Fliegen tanzen am Rand der großen Schüssel. Stutenmilchquark.
Pujing dreht ihren Kopf zur Schüssel. Mit Genugtuung
beobachtet sie den Tanz der Fliegen um den Schüssel-
rand. Immer wieder verliert eine das Gleichgewicht
und landet wild zappelnd in der milchigen Flüssigkeit.
Wie Artistinnen auf dem Seil unter der Zirkuskuppel.
Pujing richtet sich auf. Zählt die Fliegen in der Schüs-

sel. Zwölf Fliegen zappeln. Acht Fliegen zucken. Zehn Fliegen sind verunglückt. Pujing überlegt, ob sie eine der Fliegen retten sollte: ‚Ach nein, ich bin zu müde.‘ Sie lässt sich wieder zurückfallen. Ihre Augen werden schwer.

Bilder tanzen in ihr vorüber.

Graue Pferde. Braune Wölfe.

Pujing spürt kleine, weiche Hände an ihrem Arm. Alimaa. Pujing richtet sich langsam auf.

„Hallo Alimaa, ich liege in deinem Bett. Ich wusste nicht, welches ich nehmen soll.“

Alimaa nickt. „Das ist schon in Ordnung, bleib nur.“ Pujing dreht sich zu dem kleinen Mädchen.

„Ich kann nicht schlafen. Meine Müdigkeit ist zu groß. Pujing setzt sich auf. Streckt ihren Oberkörper. Baumelt mit den Beinen. Reibt sich die Füße.

„Pujing“, Alimaas Wangen leuchten wie die kleinen Mohnblumen, „könntest du mir zeigen, wie man näht?“ Alimaas Augen blicken fest auf Pujing. Alle Unsicherheit ist jetzt von dem kleinen Mädchen gewichen.

Pujing nickt. „Gut, wenn du möchtest. Aber einfach ist das nicht.“

Alimaa spitzt ihren kleinen Mund. „Ich kann mir denken, dass Nähen wahre Kunst bedeutet. Deshalb möchte ich wissen, wie es geht. Ich möchte nicht nur lernen, wie Stuten gemolken werden oder der Airag geschüttelt und gestampft wird.“

Pujing wundert sich. „Ich dachte, alle Frauen hier sind zufrieden mit dem, was sie sind.“

Auf Alimaas Stirn erscheinen kleine Falten. Unwillige Falten.

„Es ist gut, was ich bin, und gut, was ich mehr bin.“

„Wo hast du deine Weisheiten denn her?"
Pujing verzieht ihren Mund und lacht.
 Alimaa ist beleidigt. „Du nimmst mich nicht ernst!"
„Doch, Alimaa, aber du warst bisher immer das kleine
Mädchen, das gemacht hat, was von ihm erwartet wur-
de. Jetzt lerne ich eine ganz neue Seite an dir kennen."
Pujing springt aus dem Bett und reicht Alimaa die
Hand. „Komm mit mir. Meine Nähmaschine und die
Stoffe liegen auf dem Lastwagen."
Pujing öffnet die Türe. Die warmen Strahlen der Sonne
haben sich bereits mit der Kühle der langsam herein-
brechenden Nacht vereint. Pujing zieht den wollenen
Umhang fester um ihre Schultern. Müdigkeit und auch
die langsam aufziehende Kälte lassen sie frösteln.
Auch Alimaa zieht die Schultern zusammen und drückt
beide Arme fest an ihren schmalen Körper. Schnell und
sicher klettern beide auf den Anhänger. Dort wo vor
vielen Stunden noch die Helligkeit der Sonne genug
Licht und Wärme gespendet hat, liegt nun der kühle
Schatten. Die Nähmaschine und die Ledertasche stehen
wie verwaist neben der umgeklappten Holzplanke.
Pujing reibt ihre Hände und bläst warme Atemluft in
die Handwölbung.
 „Alimaa, du musst sehen, dass deine Hände immer
warm sind. Kalte Finger sind zu unbeweglich für die
flinke Arbeit einer Näherin."
Alimaa nickt. Jedes Wort, das Pujing ihr erklärt, wird
sie an einem besonderen Ort in ihrem Kopf aufbewah-
ren.
 „Bevor wir beginnen, Alimaa, solltest du das Material
kennenlernen. Stoffe und Garne."
Alimaa berührt vorsichtig ein Stück der grünen Seide.
Kühl und glatt fühlt sich diese an. Wie Steppengras am

frühen Morgen. Alimaa legt die feine Seide zurück auf die Holzplanke.

„Woher kommen deine Geschichten?"

Pujing überlegt. „Du musst lernen, die Dinge um dich herum zu betrachten, zu spüren. Dann hast du die Bilder und ihre Geschichten im Kopf."

Pujing nimmt ein kleines Stück der blauen Seide aus der Ledertasche. Sie sucht nach dem geeigneten Garn. Silberfarben.

„Himmel und Wolken, was meinst du?" Sie reicht Alimaa die Nadel und die Garnrolle.

„Du mußt versuchen, den Faden durch das kleine Loch zu bekommen."

Alimaa nickt. Sie konzentriert sich auf die Nadel und die Nähseide. Endlich. Sie hat es geschafft. Stolz hebt Alimaa die Nadel hoch.

„Gut gemacht!", lobt sie Pujing.

Bis es dunkel wird, arbeiten die beiden auf dem Anhänger des Lastwagens an den verschiedensten Seidenstücken. Alimaa ist bereits jetzt eine geschickte, kleine Näherin. Von ihrer Hand sind winzige Schafe und starke Hütehunde entstanden.

Alimaas Finger arbeiten unermüdlich weiter. So manch ein Stich hat ihre zarten Finger getroffen. Jedoch - kein Wehklagen kommt über ihre Lippen.

Erst als das Herdfeuer brennt und Rauch aus dem erhellten Dachkranz aufsteigt, bemerken die beiden Näherinnen, dass die Zeit zum Aufbruch gekommen ist. Schnell packt Alimaa die Stoffe und Garne in die Tasche, während Pujing den Faden aus der Nähmaschine zieht. Schwer bepackt springen beide von dem Wagen. Alimaa fällt auf ihre Knie.

„Hast du dich verletzt?", ruft Pujing leise und hilft dem

Mädchen auf die Beine.

„Nein", Alimaa schüttelt ihren Kopf und beißt die Zähne fest zusammen. „Denkst du vielleicht, ich sei ein unbeholfenes, kleines Ding?"

Pujing versucht in der Dunkelheit die Augen von Alimaa zu erkennen. Es gelingt ihr nicht. Still sind sie. Alimaa und Pujing.

Plötzlich. Blitzgleich. Ein Ton erfüllt die Luft, die Erde: Das Heulen eines Wolfes! Laut klagend schwingt es über die Weite der Steppe.

„Woher kommt das?" Pujing fasst Alimaas Arm. Ihre Finger bohren sich fest in das zarte Fleisch des jungen Mädchens. Alimaa verzieht ihren Mund. Sie spürt nicht, was mehr schmerzt. Das verletzte Knie oder der harte Griff um den Arm.

„Das ist die Wölfin, sagt Tante Enchtyyl", wispert Alimaa. „Die Wölfin, mit dem fehlenden Bein. Sie schreit nach ihren Kindern."

Pujing zieht ihre Schultern nach oben. Sie spürt die gleiche eisige Kälte in sich fließen wie bereits am Tag. Ist es das Heulen?

Die Wölfin?

Pujing zieht Alimaa schnell mit sich. Noch nie zuvor war ihr die Jurte so einladend erschienen wie jetzt. Mit einem Stoß öffnet sie die Türe. Wärme und der Dampf des Hammeleintopfes schlagen ihnen entgegen.

„Wo kommt ihr her?" Enchtyyl steht am Ofen und rührt mit einem hölzernen Stock in der heißen Brühe.

„Pujing hat mich das Nähen gelehrt, Tante."

Pujing zieht ihre Stiefel von den Füßen und greift nach den Schüsseln.

„So, so, das Nähen! Davon werden aber weder dein Bruder, noch dein Vater satt!" Enchtyyl füllt die gereichten Schüsseln mit der Speise. Pujing nimmt ihre Schüssel aus Enchtyyls Händen entgegen. Selbst die Fettaugen, die auf der Brühe schwimmen, ähneln den vorwurfsvollen Augen Enchtyyls. Ein anklagend blickendes Auge nach dem anderen schlürft Pujing laut schmatzend in sich hinein.

Altannar, der schweigend an seinem Platz sitzt, blickt auf. Er grinst.

„Und wie macht sich Alimaa als Näherin?"

Pujing wischt sich den Mund an ihrem Ärmel ab.

„Sie ist flink und begreift schnell."

Altannar nickt und schweigt wieder. Müdigkeit zeichnet sein Gesicht. Dunkle Ränder liegen unter den Augen. Links und rechts von seinem Mund haben sich zwei tiefe Furchen in die Haut gegraben.

Pujing blickt ihm ins Gesicht.

„Du siehst sehr müde aus. Was war letzte Nacht geschehen?"

Altannar kippt den Rest seiner Brühe in den Mund. Mit den Fingern greift er nach den Fleischstücken. Hungrig steckt er sie zwischen die Lippen.

„Die Herde wurde von fünf Wölfen angegriffen. Sie machen das mit Strategie. Sie sondern schwächere und ältere Tiere ab, treiben sie in die Enge und töten sie. Normalerweise haben die Wölfe Respekt vor den Hufen der Pferde, aber ich war bereits am Zurücktreiben, so haben die Pferde scheinbar zu wenig auf sich achtgegeben. Plötzlich waren die Wölfe da, und jedes der Pferde ist nur noch gerannt."

Altannar macht eine Pause. Isst. Trinkt aus der Schüssel mit dem Airag.

Pujing denkt an die Fliegen. Möchte etwas sagen. Aber schweigt. Ein Mann, der fünf Wölfen begegnet ist,

wird nicht vor einer Hand voll toter Fliegen zurück-
schrecken.

Zorigt und Alimaa haben beide mit angehaltenem
Atem ihrem Vater gelauscht. Selbst Enchtyyl hat nicht
so laut wie sonst in ihrem Topf gerührt und geklappert.
Alle warten.

Altannar sammelt seine Worte.

Sucht sie mühsam zusammen.

Er ist einer, der wenig spricht. Er braucht länger als
andere, die Worte zu finden.

Er schnäuzt. Spricht.

„Der Rote war nicht mehr zu bändigen. Ist umherge-
sprungen. Hat geschrien. Ich hatte Angst, dass er mich
abwirft. Das hätte dann wohl mein Ende bedeutet. So
gut es ging, habe ich mich auf ihm festgehalten. Er
hat geschwitzt. Fast wäre ich in seinem Salz auf den
Boden gespült worden."

Altannar schließt die Augen. Schließt die Lippen. Nur
das Knacken der brennenden Holzstücke in dem eisernen Ofen ist zu hören.

Gut, dass Altannar eine Pause macht.

In den Gedanken.

In den Worten.

Jeder hat Zeit, eigene Bilder in den Kopf zu zaubern.

Zorigt hat genug Bilder in seinem Kopf. Er möchte die
Geschichte zu Ende hören.

Altannar spreizt seine Hände und hebt sie nach oben:
„Lass mir Zeit, Junge. Ich danke den Ahnen, dass sie
mich unversehrt zu euch zurück geführt haben." Stille
erfüllt die Jurte.

Enchtyyl legt ihren Stab zur Seite und setzt sich leise
zu Alimaa. Nimmt das Mädchen sachte in die Arme
und blickt abwartend auf das Oberhaupt der Familie.

Pujing wird müde. Altannar könnte auch ein wenig
schneller erzählen. Die Pausen zwischen seinen bereits
kargen Worten lassen Pujing den Faden in der Geschichte verlieren. Langsam beginnen ihre Gedanken
zu wandern.

Eine Wanderung in die Steppe.

In die Nacht.

Das Geheimnis der Wölfin. War sie dabei, als die
Herde gejagt wurde, die Wölfin mit den drei Beinen?
Altannars Stimme dringt wie durch einen starken
Regen zu ihr. Stuten gerissen. Keine Wallache. Das
Naadam nicht gefährdet. Fohlen, na, man wird sehen.
Pujing sackt langsam in sich zusammen. Der Kopf fällt
auf ihre Brust. Die Arme hängen leblos an ihr herab.
Pujing ist eingeschlafen.

Altannar springt auf und holt die warme Decke seines
Schlafplatzes. Vorsichtig hebt er die schlafende Pujing
in die feste Decke. Mit beiden Armen umfasst er die
Schlafende und zieht sie auf Alimaas Bett. Tief seufzend zieht Pujing ihre Knie leicht nach oben. Sie fühlt
sich warm und geborgen.

Alimaa, Zorigt und Enchtyyl schweigen.

Es gibt nichts zu sagen.

Kein Raum für Worte.

Altannar sieht in das schlafende Gesicht der halben
Chinesin. Ihre Augen, wie mit Tusche gezeichnete
Striche. Der Mund: eine rote, saftige Beere. Altannar
berührt die feinen Haare auf Pujings Wangen. Streicht
über den unendlich zarten Pelz. Seine Finger wandern
langsam von ihrem Kinn über die breiten Wangen zur
Stirn. Dort verweilt er kurz, bis seine Finger sanft über
die Nase zu Pujings Lippen streichen. Für einen winzigen Augenblick. So schnell wie der Schlag des Flügels

eines Schmetterlings öffnet Pujing die Augen. Spitzt
ihre feuchten Lippen und berührt so seine Finger.
Sehnsucht umfasst Altannar. Umfasst ihn mit eisernen
Armen. Schmerzhaft und fest. Altannar schluckt sie
hinunter. Die Sehnsucht. In das Nirgendwo seines In-
nersten. Er steht auf. Klopft an seine Stiefel, zieht den
Deel gerade.
„Ich denke, ich werde den grauen Hengst suchen gehen."
Enchtyyl nickt. Selbst das Wenige, das ihr Altannar
in all den Jahren gegeben hat, ist nun verloren. Es ist
ohne Gewicht, das Wenige. Ein kleiner Windhauch nur
hat genügt, um es fort zu wehen.

Der Morgen zeigt sich grau. Dunkle Wolken durchpflü-
gen den Himmel. Schwarze Wolkenbänder, gleich den
Ackerfurchen des Kartoffelfeldes, kleben am Him-
melszelt. Schwerfällig ziehen sie vorüber. Ballast wird
abgeworfen. Dicke Regentropfen klatschen rhythmisch
auf die trockene Erde. Ein Tropfen alleine bringt
Wasser für die Pflanzen. Viele Tropfen trommeln wie
die Armee chinesischer Soldaten auf den hungrigen
Boden. Es sind zu viele. Sie können die Erde nicht satt
bekommen. Sie reißen sie auf. Spülen Wege ins Nichts.
Bauen verführerische Dämme, die den Unbillen des
Wetters nicht standhalten können.
Die Jungpferde stehen mit gesenkten Köpfen an der
langen Leine. Das Wasser tropft ihnen an der Mähne,
den Ohren und über die Flanken herab. Ergeben und
geduldig warten sie auf das Ende des Regens.
Enchtyyls Geduld ist klein. Mit ihren dicken Stiefeln
und in eine, scharf nach Hammel riechende Decke ge-
hüllt, stapft sie missmutig zwischen den Tieren umher.

Die Plastikkanister schlagen mit jedem Schritt an ihre Beine.

„Auseinander, ihr dummen Viecher!"

Enchtyyl klatscht auf nasse Flanken. Bohrt in dicke Bäuche. Eine Leine nach der anderen löst sich so von den Fohlen. Zorigt ist unterwegs, die Herde heranzutreiben. Schon kann sie den Jungen sehen. Aus der Ferne gleicht er seinem Vater immer mehr. Enchtyyl spürt einen Schmerz in ihrer Brust. Sie klopft mit harter Faust gegen die Rippen. Der Schmerz jedoch, der bleibt.

Schwer atmend kommt Zorigt mit dem Roten vor ihr zum Stehen. Enchtyyl zieht ihre Lippen zusammen.

„Wollte dein Vater nicht den Grauen einfangen? Mit welchem Pferd ist er unterwegs?"

Zorigt wischt mit dem Ärmel seiner Filzjacke Schweiß und Regen vom Gesicht.

„Ich glaube, er ist ohne Pferd gegangen."

Enchtyyl stößt einen spitzen Schrei aus.

„Wie kann dein Vater nur so leichtsinnig handeln! Kein vernünftiger Nomade geht ohne Pferd vom Platz seiner Jurte!"

Zorigt wendet den Roten. Seine Gedanken galoppieren durch den Kopf. Auch sie sind wie eine Pferdeherde. Laufen ohne Ziel hin und her. Zorigt mag nicht mehr mit Enchtyyl sprechen. Ständig hat die Tante etwas auszusetzen.

‚Mein Vater weiß, was er zu tun hat', so denkt er.

Auch Alimaa und Pujing haben die warme Jurte verlassen. Die beiden laufen lachend und springend durch den Regen.

„Was sind das für Farben, Pujing? Welche Farbe hat der Regen?"

Alimaa bleibt stehen. Reckt ihren Kopf zu den Wolken und öffnet ihren Mund. Kleine Tropfen, fängt sie mit ihrer Zunge.

„Was meinst du, welche Farben sind das?" Pujing legt ihren Kopf in den Nacken und lässt die Regentropfen über ihr Gesicht laufen. Es kitzelt wie die Füße vieler kleiner Käfer.

„Ein wenig blau, etwas mehr grau und einen Hauch gelb! Das sind meine Regentropfen." Alimaa hält ihre Augen noch immer geschlossen.

Pujing überlegt. Alimaa hat ein gutes Gefühl Dinge zu sehen.

„Gelb", murmelt sie, „das ist genial!" Alimaa hat an die Sonne gedacht. Auch wenn sie nicht zu sehen ist. Sie ist da.

„Jetzt komm Alimaa! Deine Tante wird ungeduldig werden. Sie ist so ganz anders als dein Vater!"

Alimaa zieht ihre Jacke über die Beine. Langsam wird ihr kalt.

„Warum sollte sie meinem Vater gleichen?" Alimaa versucht, mit der hohlen Hand Tropfen zu fangen.

„Ähneln sich Geschwister denn nicht?"

Pujing geht zu dem kleinen Mädchen. Nimmt ihre kalten Hände. Reibt sie.

„Meine Mutter und die Tante waren Schwestern. Nicht mein Vater und sie."

Pujing lässt Alimaas Hände fallen.

Enchtyyl und Altannar sind nicht Bruder und Schwester? Sie versteht nun die Abneigung. Die versteckten, gehässigen Worte.

„Aber wieso sprach dein Vater von ‚meine Schwester'?"

Pujing verspürt Unwissenheit. Ein Gefühl, dem sie

keinen Raum geben mag. Unwissenheit kann nicht vollständig gesättigt werden. Es bleibt immer der leichter Hauch des Hungers.

„Das mit Schwester sagt man einfach so, wenn man sich schon ewig lange kennt!"

Für Alimaa haben die Dinge nun ihren ordentlichen Platz gefunden. Sie stopft ihre langen Haare unter die rote Mütze und läuft zu den Pferden. Langsam hingegen sind die Schritte von Pujing. Sprechen wird sie nun mit Enchtyyl.

Die andere ist bereits fertig mit dem Melken der Stuten. Stolz hebt sie beide Kanister in die Höhe.

„Hier, seht mal. Ist das nicht eine Menge? Wir können nun so viel Airag machen, bis wir alle betrunken auf der Erde liegen!"

Pujing muss lachen. Zu komisch ist die Vorstellung von einer betrunkenen Enchtyyl. Eine Frau, die alles kontrolliert. Auch sich selbst.

„Enchtyyl, ich möchte mit dir sprechen!"

Jetzt ist es heraus. Jetzt muss auch Pujing in sich blicken. Gefühle herausholen. Auf den nassen Boden legen. Vor den strengen Augen Enchtyyls.

Enchtyyl blickt verwundert. Was sollte sie mit der halben Chinesin zu besprechen haben? Nun gut. Sie stellt die Kanister auf den Boden. Winkt Pujing heran. Zuvor aber scheucht sie die beiden Kinder: „Alimaa, du gehst in die Jurte und bereitest den Tee. Zorigt, du kümmerst dich heute um das Feuer. Denkt daran, nach der ersten Wärme den Dachkranz zu schließen!"

Alimaa und Zorigt nicken. Es ist ihnen anzusehen: Viel lieber würden sie um die Geheimnisse der beiden Frauen wissen.

„Also!" Enchtyyl geht auf Pujing zu. Steht breitbeinig

vor ihr. Die Arme vor der Brust gekreuzt.

„Was hast du mir zu sagen? Ist der Hammeltopf umgefallen oder hast du deine Garnrollen im Regen verloren?"

Pujing schüttelt den Kopf.

„Warum hast du mir nicht gesagt, dass du nicht Altannars Schwester bist? Im Grunde deines Herzens
möchtest du seine Frau werden."

Enchtyyl erschrickt. Ihre Arme fallen seitlich herab.
Ihre Beine zittern.

„Sag mir einen Grund, weshalb ich das hätte erwähnen
sollen?" Sie mustert Pujing.

Hübsch, zart, breitwangig. Das ist sie.

Altannar scheint sie zu mögen.

„Mit dem Wissen um eine Frau an seiner Seite, wäre
ich nie hierher gekommen."

Enchtyyyls Augen blitzen. Triumph zeigt sich auf
ihrem Gesicht.

„Ha, du hast also doch ein Auge auf ihn geworfen.
Aber nein, immer bedeckt halten. Immer lächeln und
ihn mit den Lippen verzaubern. Ein unguter Geist bist
du. Deine Ahnen haben dich geschickt. Keiner versteht
warum!"

Pujing schweigt. Sucht nach den richtigen Worten. Ihr
Gegenüber ist ein Mienenfeld. Jedes Wort kann das
Falsche sein.

„Enchtyyl, ich werde noch heute von hier fort gehen.
Altannar wird es vielleicht das Herz brechen. Das
spüre ich. Aber bedenke. Er hat durch mich seine Liebe
für eine neue Frau entdeckt. Wenn ich nicht mehr hier
bin, ist wieder Platz für diese Liebe. Einer Frau muss
er sie schenken. Du wirst die Frau sein."

„Du spinnst Pujing." Enchtyyls Finger zupfen an ihren

Haaren. Ihrem Hals. Sie ist unschlüssig. Welche Worte soll sie sprechen?

Pujing nimmt die andere am Arm.

„Sei nicht dumm Enchtyyl, zeig ihm deine Gefühle. Sei ein wenig mehr Frau!"

Enchtyyl blickt argwöhnisch in Pujings gerötetes Gesicht. Noch immer ist es vom Regen feucht. Pujing hält Enchtyyls Blicken stand. Kein Lidschlag ist zu erkennen.

Enchtyyl bricht das Schweigen.

„Warum tust du das? Ich war meist ungerecht und zornig mit dir."

Pujing lächelt. „Ich denke dabei an Alimaa und Zorigt. Aber auch daran, dass Altannar kein Mann ist, der ohne die Wärme einer Frau leben sollte. Mir ist es gleich, ob du diese Frau bist, oder eine andere."

Enchtyyl ist überrascht. Ehrlich ist sie. Gnadenlos. Die halbe Chinesin.

Enchtyyl streckt beide Arme nach vorne. Umschließt Pujings Schultern. Zieht sie an ihre magere Brust.

„Ich muss dir danken. Gestern Nacht habe ich Altannar und dich beobachtet. Für mich gab es nicht viel zu erkennen. Aber für euch bedeutete es alles."

Pujing lässt ihren Kopf an die Schulter der älteren Frau fallen. Enchtyyl riecht nach Hammelfett und Kräutern. So wie auch Altannar. Beide Frauen halten sich umschlungen. Es lohnt nicht mehr, schlimme Gedanken in die Steppe zu schicken.

Die Regenwolken sind weiter gezogen. Dampf steigt auf von der nassen, braunen Erde und den glänzenden Leibern der Tiere. Ein feuchter Schleier liegt tief über der Steppe. Wer das Wagnis eingehen möchte und sich zu weit von der Jurte entfernt, der wird verschluckt von den Geistern des Regens und des Wassers. Die Geister sind jedoch auch gnädig. Haben sie denn nicht Altannar ausgespuckt?

Er ist es wirklich Er hat ihn zurück geholt. Den Grauen.

Das Pferd scheint auch aus Wasser und Nebel zusammengesetzt. Schemenhaft ist das Tier zu erkennen. Als wäre es noch nicht bereit, seinem Reiter in das Hier und Jetzt zu folgen.

Das Seelenpferd.

Altannars Körper.

Verdichtet sich mit jedem Schritt zu seiner Kontur.

Die bunte Kappe, das schwarze, etwas zu lange Haar, sein schlaksiger Körper mit den endlos scheinenden Beinen.

Pujing und Enchtyyl sitzen mit den Kindern vor der Jurte. Erschöpft. Zusammen mussten sie die Kommoden, Betttücher und Teppiche aus der Jurte holen und zum Trocknen nach draußen legen. Zorigt war der kleine Übeltäter. Hätte er denn nicht den Dachkranz schließen müssen?

Alimaa und er waren so sehr in ihr Spiel des ‚Schafsknochenwerfens‘ vertieft gewesen. Beide hatten nicht das Hereinplatschen der dicken Regentropfen bemerkt. Jetzt flattern die Tücher und Decken an Leinen, oder hängen über dem Lastwagen. Die Sonne wird sich darum kümmern.

Altannar freut sich über die Gesichter, die alle machen werden. Schwierig war es, den Grauen einzufangen. Die Neugierde des Pferdes war schließlich so groß gewesen, dass es sich den Lederriemen über den Kopf hat ziehen lassen. Als der Graue seine Gefangennahme bemerkt hatte, war es für ein Davonlaufen zu spät.

„Pujing, Enchtyyl, seht mal, wen wir hier haben!"
Altannar klopft mit seinen Beinen gegen den Bauch
des Grauen.

„Dschu, dschu, komm, lauf!"
Und tatsächlich, das Pferd bewegt seine Beine schneller. Wie ein Betrunkener torkelt das Tier über das kurze
Gras. Das junge Pferd wird lernen, sein Gleichgewicht
zu halten und dabei seine Beine im Takt laufen zu
lassen. Aber noch ist der Graue weit weg davon, ein
stolzes Bild abzugeben.

„Altannar, was soll das?"
Enchtyyl ist aufgesprungen.

„Wer ist da betrunkener? Das Pferd oder sein Reiter?
Wie kannst du nur ohne Pferd in die Steppe hinausei-
len!"
Pujing zupft an Enchtyyls langem Rock.

„Enchtyyl, erinnere dich, du sollst deine Worte nicht
wie scharfe Messer auf Altannar werfen!"
 Enchtyyl schnauft laut durch die Nase. Sie wirft einen
Blick nach unten.

„Sag mir, was ich sonst sagen soll, wenn er wie ein
Volltrottel in die Gefahr hinaus läuft!"
Pujing beugt sich nach vorne, zieht ihre Beine an und
springt auf. Sie streicht über den Deel. Streift ihre Haare zurück und lächelt.

„So wie ich. Rock glatt. Haare zurück. Stimme sanft.
Dann kannst du sagen, was du möchtest. Auch, dass er
umdrehen soll, weil er ein Unverantwortlicher sei."
Enchtyyls Augen blicken misstrauisch. Nein. Sie wird
sich nicht ändern. Dann wäre sie nicht mehr Enchtyyl.
Einen neuen Namen müsste man ihr geben.
Im ganzen Aimak würde über sie gelacht werden. Mit
den Fingern würden die anderen Frauen auf sie zeigen

und hinter vorgehaltener Hand kichern: Seht nur unsere alte Enchtyyl an. Hat sich wohl eine neue Seele zulegen wollen. Passt so gar nicht zu ihrer alten Gestalt. Nein. Sie schüttelt ihren Kopf.

Altannar springt von dem Grauen. Seine Beine zittern in den dicken mit Schlamm bedeckten Lederstiefeln. Anstrengung.

Herausforderung.

Sieg.

Dies liegt hinter ihm. Seine schmalen Augen leuchten. Getrocknete Erde hat sich in seine Falten um Augen und Mund gelegt. Er spürt nun wieder wer er ist: Altannar der Krieger. Altannar der Nomade. Er reicht Pujing die lederne Leine.

„Hier, das ist dein Pferd."

Ihr Großvater oder ein anderer Ahne muss soeben in Pujings Innerstes geschlichen sein und alles, was dort drinnen seinen angestammten Platz hat, durcheinander geworfen haben. Herz, Nieren, Lungen, Magen. Alles tobt und springt in ihrem Körper. Nur der Kopf. Da war niemand.

Hier herrscht Pujings Ordnung.

Aber Worte, die findet sie trotzdem nicht.

Sprachlos greift sie nach dem Lederzügel. Der Graue steht ruhig. Sieht Pujing mit seinen großen, dunklen Augen an. Pujing hebt ihre Hand. Legt sie dem Grauen an die Nüstern. Seine Ohren sind gespitzt. Pujing wird mutig. Sie neigt ihren Kopf und legt ihn an den Kopf ihres Pferdes. Noch nie hat man ihr solch ein Geschenk gemacht.

„Er wird sich schnell an dein Gewicht gewöhnen."

Altannars Lachen ist aus seinem Gesicht gewichen. Er spürt Pujings Fortgehen. Ihre Seele hat bereits das Ail verlassen. Gut, dass sie nun das schnelle Pferd besitzt. Sie wird ihre Seele einholen.

Mit jedem Schritt des Pferdes wird ein Stück der nassen Erde aus der Steppe gezogen. Das Schmatzen der Hufe und das leise Wehen des Windes sind die einzigen Weggefährten von Reiterin und Pferd.

Altannar hat Pujing eine Lederrolle mit getrocknetem Fleisch, Aaruul, Mehl und Fett mitgegeben. Vorne am Sattel hängen die Lederbeutel mit Airag und Wasser. Enchtyyl hat ihr eine dicke Filzdecke geschenkt. Pujing hat sie um die Schultern gewickelt. Dicke Lederriemen kreuzen über Pujings Brust. Das Gewehr, das einst Altannars Vater gehört hatte, steckt seitlich in den geschmeidigen Riemen.

Pujing ist glücklich.

Der Wind spielt mit ihren langen Haaren. Der Zügel liegt gut in ihren Händen. Der Graue hat seinen gleichmäßigen Gang gefunden und schreitet mit weit ausholenden Schritten voran. Die schwingende Bewegung des Tieres gibt Pujing das Gefühl der Geborgenheit.

Die Füße der Steppe.

Die Arme des Windes.

Das Herz der Sonne.

Sie alle halten Pujing und ihren Grauen. Wo willst du hin? Kommst du wieder?

Hedsee negen tsagt.

Durch Pujings Kopf huschen die Gesichter der Nomadenfamilie. Angst stand in den Gesichtern. Sorge um Pujing. Gelacht hat sie. Die Pujing. Gelacht und auch geweint. Macht euch keine Gedanken um mich. Schaut auf euere Nöte.

Die Nähmaschine und die vielen seidigen Stoffe mit

den bunten Garnen stehen nun unter Alimaas Schlafstätte. Das kleine Mädchen mit den geschickten Fingern wird die Arbeit Pujings fortsetzen.

Zorigts Gesicht. Rot seine Wangen, als ihm Pujing die
alte, abgewetzte Ledertasche in die Arme gelegt hatte.

All seine Schätze, wie die Schafsknochen, Zündhöl-
zer und das Fernglas wird der Junge in dem ledernen
Bauch aufbewahren.

Noch sind sie klar zu sehen. Die Gesichter der anderen.
Bald schon werden sie schwächer werden. Bleiben
werden nur noch wenige Merkmale.

Altannars Augen. Schwarz und Schmal.

Sein Gang. Geschmeidig, leicht gebückt.

Enchtyyls Mund. Ein langer, roter Strich.

Alimaas Lachen. Hell klingend.

Zorigts Hände. Schmal und doch schon kräftig.

Pujing spürt sie noch immer, die Trauer um den Abschied.

„Bajartaj, bajartaj!"

Da standen sie, hatten gewunken und den Abschieds-
gruß gerufen.

Die Beine des Grauen werden langsamer. Das Gras-
land ist allmählich in steinige Gebirgsebene übergegangen. Vorsichtig setzt das Pferd seine Schritte über
die scharfen Kanten. Felsen, wie hingeworfen von
Riesenhänden, versperren den Weg.

Pujing steigt ab. Führt ihr Pferd am Zügel den schmalen Pfad nach oben. Auf der anderen Seite, so wurde
ihr erzählt, liege Raschaant. Der Graue bleibt stehen.
Hungrig ist das Pferd. Durstig. Pujing lässt ihren Blick
schweifen. Steine. Felsen. Dürres, langes Gras.

„Wir werden für dich etwas finden." Pujing klopft

dem Tier den sehnigen Hals. Sie kneift ihre Augen zusammen. Ein Stück unter ihr erkennt sie eine kleine Grünfläche. Zumindest Futter für den Grauen. Ein Blick zum Himmel sagt ihr, dass es langsam Zeit für das Aufsuchen eines Nachtlagers wäre. Gut. Sie wird für diese Nacht hier bleiben.

Bei jedem Schritt müssen Pujing und der Graue Acht geben, nicht abzurutschen. Das Tier hat kräftige Beine und Hufe aus gutem, festen Horn. Sicher umwandern beide die Felsen. Kühl und glatt fühlen sie sich an. Die riesigen schwarzen Steine mit den grauen und ockergelben Tupfen.

Pujings Hände streichen beim Vorübergehen immer wieder über die großen Steine. Berühren die porösen Vertiefungen in den Felsen. Wasser hat sich in einigen ausgehöhlten Stellen gesammelt. Pujing spitzt ihre Lippen und berührt das kühle Nass. Sie erkennt ihr Spiegelbild auf der glatten Wasseroberfläche. Sieht ihre strahlenden Augen, die frische Haut, die lebendigen Haare.

Das bin ich. Pujing.

Vorsichtig trinkt sie von dem frischen Regenwasser. Kühl und köstlich rinnt es ihre Kehle hinab. Pujing sucht nach einer tieferen Stelle. Auch der Graue soll seinen Durst hier oben löschen. Sie greift nach dem herabhängenden Zügel, als das Tier plötzlich nach hinten springt. Seine Ohren sind spitz nach vorne gerichtet. Die Augen angstvoll geweitet.

Schweiß.

Salztropfen rinnen langsam über das feine, kurze Fell auf der Brust.

„Drrr, drrr, ruhig mein Grauer." Pujing möchte ihre Hand an seine Nüstern legen. Jedoch, er schüttelt seinen Kopf, schnaubt, stampft mit den Hufen auf die steinige Erde. Pujing zieht mit einem kurzen Ruck am Zügel.

Der Graue steht. Zittert.

Pujing dreht sich um. Ihre Augen wandern über die Felsen. Jede Kante. Jede Erhebung. Nichts. Sie ist ratlos.

Der Graue spürt die Gefahr. Sein Zittern wird weniger. Sein Atmen ruhiger.

Auch Pujing holt tief Luft. Geht einige Schritte weiter. Das Pferd folgt ihr. Noch immer angespannt. Sie umrunden soeben einen dunklen Felsen, der sich an einen noch mächtigeren Felsen aus braunem, porösem Stein lehnt, als Pujing ihr Blut in den Adern kalt wie Schnee spürt: Ganz oben, dort wo der Fels in eine glatte Fläche übergeht, da steht sie und blickt aus gelben Augen auf sie herab.

Die Wölfin.

Pujing bleibt stehen.

Blickt nach oben.

Blickt in die bersteinfarbenen Augen des Tieres.

Pujings Atem wird flach.

Dünn und leise.

Ihr Gewehr ist noch immer an den Lederbändern quer über die Brust gebunden. Doch um die Waffe zu ziehen, braucht sie beide Hände. Das würde bedeuten, die Zügel des Grauen zu lösen. Vielleicht würde ihr Pferd vor Schreck davonrennen. Vielleicht würde es bleiben. Pujing weiß, mit einem Vielleicht darf eine Reisende in der Steppe nicht verhandeln.

Sie muss den sicheren Weg wählen.

Sicher für sie selbst.

Sicher für den Grauen.

Die Wölfin hält noch immer ihren Blick auf Pujing gerichtet. Die Nackenhaare gesträubt. Die Spitze der herabhängenden Rute leicht nach oben gerichtet.

Still steht sie.

Die braune Jägerin.

Auf ihren drei Beinen.

Pujing löst ihren Blick von der Wölfin.

Hat Altannar nicht erzählt, dass die braune Wölfin den Grauen begleitet hat? Wie ein Schatten war sie ihm gefolgt. Lauernd. Vorsichtig. Abwartend. Sie hatte wohl Angst vor den harten Hufen des Pferdes. Hat nur darauf gewartet, dass der Graue einen tödlichen Fehler begeht.

Das Pferd ist wieder ruhig. Pujing nimmt den Zügel fester in die Hand. Die Sonne ist bereits hinter dem Felsmassiv verschwunden. Kühl ist es hier oben geworden.

Pujing ist froh um die Decke, die ihr Enchtyyl mit einem verlegenen Lächeln überreicht hatte. Schützt sie doch jetzt gegen Kälte und Feuchtigkeit.

Salzränder sind auf der Brust des Grauen zurückgeblieben. Wie Reif, der sich am Morgen auf die Gräser legt, so schimmert die Salzkruste auf dem Fell des Pferdes.

Pujing treibt ihr Pferd vorwärts. Darf sie doch keine Zeit verlieren. Der Abstieg ist beschwerlich. Dunkelheit liegt bereits auf den sonst schattigen Stellen. Mühsam kommen Reiterin und Pferd voran. Immer wieder wirft Pujing einen Blick zurück.

Ist da der Schatten der Wölfin?

Endlich erreichen sie das kleine Stück Bergwiese.

Sofort streckt der Graue seinen Kopf nach unten.

Gierig rupft er mit seinen langen, gelben Vorderzähnen das Gras aus der Erde. Er schnaubt. Schlägt mit dem

Schweif. Immer wieder hält er inne. Richtet die Ohren
nach vorne. Kurze Stille, dann frisst er weiter.
Pujing löst Sattel und Zaumzeug vom Pferd. Umwi-
ckelt die Hinterbeine mit Fußfesseln. Sie wird ihn
beschützen müssen. In dieser ersten Nacht hier oben.
Prüfend umschreitet Pujing die kleineren Felsen. Sie
liegen auf der Wiese verstreut. Wie Verlorenes. Aus der
Jackentasche Gefallenes. Sie ist auf der Suche. Nach
einem Platz für Rückzug. Für Nachtwache.
Pujing weiß: Der Schlaf darf sie hier oben nicht heim-
suchen.
Das Gewehr liegt neben ihr auf dem Boden.
Geladen.
Pujing lehnt an einem der Felsen. Er ist noch warm.
Warm vom Sonnenlicht des Tages. Pujing schließt
die Augen. Die Wärme. Das Malmen des Pferdes.
Ihre Müdigkeit. Sie fühlt sich wie in Nebel aufgelöst.
Möchte fallen in das lichte, unsichtbare Nichts.
Pujing erschrickt. Reißt die Augen auf. Wie leichtsin-
nig! Schimpft sie mit sich. In der Lederrolle liegt der
kleine Sack Mehl. Fest eingebunden. Dazu das Fett
und eine handvoll Salz.
Boortsog wird sie zubereiten. Kleine Fladen mit
Wasser, Mehl und Fett. Auf heißen Steinen gebacken.
Pujing sucht nach Feuerholz. Weit geht sie nicht. Stets
behält sie den Lagerplatz und das Pferd im Auge. Ihre
Ausbeute ist gering. Nur ein paar wenige, dürre Stö-
cke. Gerade mal einen Arm voll.
Pujing schiebt mit dem Absatz ihrer Schuhe Erde
beiseite. Die Feuerstelle. Dann richtet sie die Stöcke
senkrecht im Kreis stehend aufeinander. Neben den
Felsen findet Pujing trockene Rinde. Genug, um das
Feuer zu entfachen. Im Windschutz des Felsens gelingt

es ihr, die Rinde zu entflammen. Flüchtig kommt ihr der Gedanke, dass Wölfe das Feuer scheuen. Das leise Knacken der brennenden Holzstöcke und der Duft des Fladenbrotes erwecken in Pujing ein tiefes Gefühl der Zufriedenheit. Der eigenen Stärke. Stolz erfüllt sie. Sie, die kleine Pujing.
Die Pujing von Tante Wang. Die von Mondrose. Von Jocho. Von Tulga. Und schließlich die Pujing von Altannar. Sie hat es geschafft. Bis hierher.
Pujing trinkt von dem Airag. Isst ihren Boortsog. Langsam kaut sie. Stück für Stück. Als wäre es das Letzte, was sie in diesem Leben zu sich nimmt. Es schmeckt gut. Fett läuft über ihr Kinn. Sie streckt ihre Zunge weit heraus und leckt sich die Lippen.
Der Graue steht nicht weit von ihr. Sie hat ihm den Lederbeutel flach geklopft und an den Seiten hochgeklappt. Dann mit Wasser gefüllt. Das Leuchten der Flammen ist ein Schauspiel, das sie schon immer fasziniert hat. Die blauen, die roten, die orangen, die gelben Flammen. Leben spendend. Leben vernichtend.
Pujing hat sich in die Decke gewickelt. Eine Schale mit warmem Wasser in den Händen. Irgendwo in der Lederrolle ist der Beutel mit den Teeblättern. Pujing ist zu müde aufzustehen. Warmes Wasser, in das sie Fladenbrot tauchen kann, das genügt. Das Gewehr liegt noch immer geladen an ihrer Seite.
Es ist ruhig und friedlich hier auf der kleinen Wiese. Der Wiese zwischen den mächtigen Felsen. Pujings Augen wandern von ihrem Grauen zu den Flammen. Und wieder zurück. Das Pferd frisst langsam und bedächtig. Gleichmäßig kaut es das würzig duftende Gras. Ein Laut wie das stetige Murmeln eines träge dahin fließenden Baches.

Pujings Körper rutscht zur Seite. Ihre Augen sind geschlossen. Das Feuer brennt leise knackend herunter. Der Graue erstarrt.

Tödlich Stille.

Kalt ist es.

Pujing fröstelt in ihrer Decke.

Sie öffnet die Augen. Dämmerung liegt über der Wiese. Pujings Blick findet ihren Grauen nicht. Ihre Knochen fühlen sich starr und unbeweglich an. Wie Stöcke, die scheinbar nicht zu ihr gehören wollen. Sie stützt sich mit beiden Händen vom Boden ab. Richtet sich auf. Ein Scharren lenkt ihre Aufmerksamkeit auf die Stelle neben dem Felsen.

Pujing hält still.

Der Blick ihrer schwarzen Augen trifft auf den Blick anderer Augen.

Bernsteinfarbener.

Epilog

Alimaa hastet durch die weiten Räume ihrer Galerie am Sukhbaatar Square. Die vielen Näherinnen, die sie seit dem letzten Auftrag beschäftigt, haben reichlich Arbeit. Die mongolischen Frauen nähen und sticken an den bunten, farbenfrohen Wollkreationen. Lachen und Klappern begleitet die Näherinnen bei ihrer täglichen Arbeit. Seit Alimaa bei der großen Kaschmirmodenschau im Hotel Bayangol den Ehrenpreis erhalten hat, rattern die Nähmaschinen unermüdlich.

Die junge Frau lässt sich in den tiefen Sessel fallen. Sie ist erschöpft. Erschöpft und glücklich. Alimaa streift die hohen Schuhe von den Füßen. Klopft ihre Zehen aneinander. Langsam fühlt sie sich wieder besser. Sie ist überwältigt. Gerade hat sie Order für die Anfertigung einer Kaschmirkollektion für Frankreich erhalten. Alimaa steht auf und geht zu ihrem Schreibtisch. Dort an der Wand hängt ihr erstes Stück. Ihre Finger mit den langen, rubinrot gestrichenen Nägeln streichen langsam über den Wandbehang. Er zeigt das Leben in der Steppe. Zorigt beim Treiben der Herde. Den kleinen Bruder Samjawazka bei seinem ersten Naadam. Die Pferde. Die Schafe. Vater Altannar. Mutter Enchtyyl. Beide vor der Jurte. Grau. Gebückt. Alimaa hatte einst ihre Gesichter mit feinen Stichen auf die Seide gezaubert. In die Mitte allerdings, dort ist ein Stück Stoff eingenäht, das so gar nicht zu der feinen Seide passen mag. Herausgerissen. Ausgefranst. Gröberes Material. Arbeitskleidung. Mutter Enchtyyl hat dieses Stück nach vielen Jahren in einer Schublade gefunden. Es lag zusammengerollt an ein Stück Holz geklemmt. Viele. Sehr viele Umzüge hatte das Stoffstück überdauert.

Ohne, dass es entdeckt worden wäre. Alimaa wusste sofort, von wem es stammt. Pujing. Es roch sogar noch nach ihr. Nach wilden Blumen. Nach Rauch. Alimaa berührt gerne dieses Stück Stoff an ihrem Wandbehang. Warm. Lebendig. So fühlt es sich an. Nicht so kühl wie das übrige Bild. Pujing hat niemand mehr gesehen. Geredet wird noch immer von ihr. Ein Pferdehändler aus dem Zentralaimak hat sie bei den Tuwa Nomaden gesehen. Ein Trunkenbold aus dem Chuwsgulaimak ist überzeugt, die Geschichtenerzählerin aus Zezerleg sei Pujing. Reisende aus dem Altaj hingegen meinten, in einer alten Frau mit langen grauen Haaren Pujing erkannt zu haben. Eine Wolfsmütze hätte diese Frau getragen.

DANKE!

Danken möchte ich Jocho und Tulga. Ihr beiden habt mir euer wunderschönes Land sehr, sehr nahe gebracht. Ihr wart immer guter Laune, habt gesungen, getanzt und viel gelacht. Mein Sohn Paulus war das erste europäische Kind, das Ihr in der Mongolei gesehen habt, und wie Ihr euch erinnern könnt, war es nicht immer leicht für ihn, sich in einer so fremden Welt zurecht zu finden, so danke ich euch für euere Geduld und den Humor, die ihr ihm jeden Tag entgegengebracht habt. Ich hoffe sehr, dass wir uns wieder einmal sehen werden.

Danken möchte ich Njamka und ihrer Familie. Ihr habt uns in das Leben einer Nomadenfamilie geführt. Die Jurten, die Yaks, die Musik und auch die Schwere der Reisenden, ob Mensch oder Tier. Besonders Dir, Njamka, möchte ich Danke sagen, da Du Paulus sehr beeindruckt hast, und trotz Deines „Andersleben" habt ihr beiden viel Gemeinsames.

Danken möchte ich einem ganz besonderen Mann: Schamane und Schriftsteller. Hätte er nicht im Flugzeug der bekannten grottenschlechten Fluggesellschaft mit „A" neben mir gesessen, so hätte ich wahrscheinlich einen Tobsuchtsanfall bekommen. Ich danke Ihnen für die vielen Worte, die in meinem Kopf so viele Bilder und in meinem Herzen so viel Sehnsucht nach diesem Land haben entstehen lassen. Durch Ihr Wissen, das sie mir gegeben haben, konnte ich vieles besser verstehen. Zitat: „Und wenn Sie über die Mongolei schreiben, dann müssen Sie auch darüber schreiben.......ich erzähle....."

Besonderen Dank möchte ich an meine Tochter Laura richten. Sie und ihre Nähmaschine haben mich überhaupt erst auf die Idee gebracht, diese Geschichte zu schreiben.

Danken möchte ich Iris, die mir „die Schuhe" für den ersten Schritt in die Mongolei gegeben hat. Sprich die vielen Prospekte und Informationen.

Danken möchte ich dem Reisebüro Ziegler in Trostberg. Mit unendlich viel Geduld und Know how habt Ihr mir geholfen, nicht zu viel Geld ausgeben zu müssen.

Danken möchte ich besonders der Firma Data-line in Tittmoning. Als ich auf Seite fünfzig war, hat mein alter Lap Top den Geist aufgegeben. Ihr habt mir meine Daten gerettet und somit mein Buch. Ich hätte wohl nicht mehr von vorne anfangen wollen.

So und jetzt zu Dir Andreas. Wenn Du mir nicht so viel über die Mongolei erzählt hättest, dann wäre ich wohl nicht auf die Idee gekommen, dort hin zu reisen. Ein Buch darüber zu schreiben, ist dann wieder etwas anderes. Bis Seite sieben hast du meine Geschichte noch mitbekommen. Du fandest die Erzählung über Pujing gut und hast mich ermuntert, weiter zu machen. Ich bin ziemlich froh darüber, dass Du die undankbare Aufgabe des „in-Form-Bringens" übernommen und mich immer wieder daran erinnert hast, die letzte Seite zu schreiben. Irgendwie wollte ich mein Buch wohl noch nicht abschließen.

Zum Schluss möchte ich Pujing danken. Danken dafür, dass sie auf ihre Reise gegangen ist und mich zurück gelassen hat. Es gibt allerdings immer wieder so kleine Momente, in denen ich leise nach ihr rufe: „Es ist alles ok hier, aber meinen Rucksack halte ich dennoch griffbereit!"